多年后，
我们的村子可能会消失，
还有我这本册子中的故事。
谨以此书怀念生我养我的那片土地和我遇到的那些人。

回不去的故乡

石俊荣 著

陕西新华出版传媒集团

太白文艺出版社

图书在版编目（CIP）数据

回不去的故乡 / 石俊荣著. -- 西安：太白文艺出
版社，2021.1(2022.1重印)
ISBN 978-7-5513-1893-8

Ⅰ. ①回… Ⅱ. ①石… Ⅲ. ①散文集－中国－当代
Ⅳ. ①I267

中国版本图书馆CIP数据核字(2020)第189316号

回不去的故乡
HUIBUQU DE GUXIANG

作　　者	石俊荣
责任编辑	谢　天　王　琦
封面设计	王　洋
版式设计	李渊博　侯梅梅
出版发行	陕西新华出版传媒集团 太白文艺出版社
经　　销	新华书店
印　　刷	涿州军迪印刷有限公司
开　　本	787mm×1092mm　1/16
字　　数	213千字
印　　张	16.75
版　　次	2021年1月第1版
印　　次	2022年1月第2次印刷
书　　号	ISBN 978-7-5513-1893-8
定　　价	75.00元

坚硬的石头

——石俊荣和他的"乡村叙事"写作

刘小荣

　　我至少看过两本石俊荣的书，一本是十几年前看过的，文字质朴，情感真挚；第二本书就是这本《回不去的故乡》。

　　我与俊荣同事多年，心气相通，过从甚密，算得上"知人"，这些年更通过自媒体了解着俊荣。他是一位有热血、有理想、有个性的职业媒体人，自媒体作为补充，扩大了他作为媒体从业者的影响力，也有力地放大了他的主业效果。我要表达的更深一层意思是，自媒体更揭示了他的另外一面，在微博上，他的视野广阔、论见敏锐、嬉笑怒骂、针砭时弊。"石锅"让许多人佩服着迷。而微信公众号"石俊荣"则展示了他性情的另外一面，冷峻、迷惘、深情和淡淡的怅伤弥漫在他的作品中，也因此赢得了广大粉丝，尤其是朋友圈粉丝以及和他有相同经历和情感诉求的朋友们的赞叹与激赏。

　　俊荣的公众号"石俊荣"屡有发布更新，我都关注着。他一路写来我一路赏读，他以一个儿子的切肤感受、记者的独特观察、作家的细腻笔触，向我们描述了一幅色彩并不斑斓的暖灰色调的乡村图景，展现了种种即将消失的人情世故，描绘了一个不确定的故乡——陕西以北、白水以远、台塬和高原交接的乡村……

一

　　俊荣的文字，题材涉及面其实很窄，主要写了关中平原和陕北高原间过渡地带的乡村图景，通过一个视角，也许是位少年，也许是进了城的乡村青年，通过"他"来讲述发生过的或正在发生的乡村故事。这些故事大致分为三类：第一类，"在线式"乡村图景的感怀，眼下依然在发生；第二类，虽然写的是故乡，但不是真确的故乡，它们实际上是对温暖而易逝的"过去式"乡下的回放、悼念与怀恋等；第三类属于其他，所涉故事只是背景，文字其实另有深意。

俊荣的文字打动过许多人，其中一部分就是和他一样来自壮丽且贫瘠的高原和平原，在都市里生活、生存、生长的"两栖人"，所谓"回不去的故乡"者，他写出了他们的困惑、不安、留恋和向往。那是一种灵与肉的分离式痛苦与煎熬，是一代人甚至几代人的乡愁，"我不能再回去干那些活了，路边已经没有翻倒着的要我扶的庄稼车了，村边没有需要我吆牛耕种的地了，锄地的人越来越少，南峁没有人向沟上背石头了，西沟那些割草、挖药和砍柴的小伙伴也都无踪无影了，镰刀已经生锈了，犁和耧挂在墙壁上……"（《回不去的故乡》），这是飞速发展的工业化、现代化、信息化带给我们的"情感"滞后——身体在奔跑，思想在紧追，情感在停滞。但是，真实的情况是，我们对生存环境甚至生存困境的忧虑并没有阻止我们迈步向前。

二

他对这个世界是认真诚实的，或者说，他的生活态度是诚挚的，人品、文品和作品都体现了这一点，读石俊荣带有"自记"色彩（还没到"自传"）的作品，你会看到一位实诚的山区少年形象，他割草、打柴、吃饭、上学、打工、遛弯、晒太阳、围观货郎等，他总在认真地讨生活，无论这个世界让他遭受怎样的挫折，但他始终报以纯朴的笑容。石俊荣写作的最大长处，是他的真诚。

我的印象里，俊荣最锥人心的篇目是《回不去的故乡》。那是双亲去世后的纪念文字。但俊荣重点写了苦难的母亲，"母亲1941年出生在河南省鄢陵县柏梁镇林家村，外爷扛枪上了战场……从此杳无音信。……外婆把比母亲大两岁的儿子寄养在邻家，抱着半岁的母亲扒上火车离开家乡，一路朝西逃难。外婆最后来到了陕西省白水县最北边的地方"。

"母亲坟上的迎春花已经开了，父亲坟上的迎春花也开了"，这是文章的开头，俊荣以震撼的直率与朴实打动着我们，这篇不长的文字，写了母亲少小千里逃难，亲人的离别之苦，思念之苦，也写了重逢之喜，相认之喜，也因此凝聚成文章里太多的热泪。

俊荣是这么有克制地写兄妹再聚的场景的："母亲的三个表哥两个已经不在世了。二表哥、我们的舅舅李喜旺八十三岁了，他精神矍铄，三十多年不见，见到亲人的那一刹那，两个人紧紧握住了彼此的手，母亲叫了一声'哥'后，泪如泉涌……那晚，他们彻夜未眠，说了很多话。"

同样打动我们的还有那些满浸着真情的真实细节："父亲用过的那把夹镰还挂在窗台上""母亲那把磨得已经没有棱角的铜钥匙""小麦里水黏得太多，直接碾成了燕麦片。水黏得太少，面粉飞扬，面与麸子分不清，整个面是红的。水黏得太早了，渗进麦子，碾出来的面是青的，黏太晚了湿漉漉的，碾面能把罗底糊成糨糊。"（《有馍有面》）这样精细到琐碎程度的观察，可见作者观察、体察生活对象的用情、用事、用功之勤。

三

"春天糖地""六月麦上场""正月十五提灯笼""我的学校我

的班""村有往来生意人""拾麦穗时的军用水壶""村西头的烧砖窑""村里的树""东涝池""青黄不接""天黑了都回来了""一生一场风""门前的路修好了""穷人的一头猪"……动态的意象不用说了，句子、景象、构图、气氛、节奏本身就洋溢着诗意，俊荣出色的绘景状色能力，他的乡村图像尤其出色，他的许多作品题目本身就是意象、诗句，令人印象深刻。

说到诗意，必须补充，俊荣作品里暖色调的氛围极浓郁，有点像春寒料峭时的风，理想主义和坚硬的现实之间总有落差，但被这样的光辉照耀着的作品，更能唤起我们情感的共鸣。"我们家里孩子多，有时候吃了上顿没下顿，我二姨和小姨经常接济我们，偶尔会背一包馍送来，逢年过节还借给我们粮食，我们家里有事一定会想方设法借些钱给我们。那时候，两个姨家就是我们生活的乐园，尽管他们也算不上富裕，但是他们家里有吃的，还有书籍，我们兄弟姊妹假期最喜欢去他们家，因为能好好地吃几顿饭。"（《回不去的故乡》）即便如此困难，生存维艰，他还是没有忘记那抹光亮，那缕诗意。

俊荣文字里的诗意，比比皆是，让人惊讶（我是从作者自己的叙述里才知道，俊荣曾经也写诗）。"父亲去世后，安葬的那片地叫老陵豁。秋天的午后，母亲一个人提着笼去那片地里摘绿豆，休息的时候，顺便拔掉父亲坟头的野草"（《回不去的故乡》）——这深埋其中的安静、沉重且浓郁的诗意，是一个儿子对逝去亲人无法言说的深情与怀念。而多次令我潸然泪下的文字，也许是作者不经意写下的一笔，在俊荣父母去世后的三年里，"无聊的时候，我会打开手机的监控，几百里之外，盯着屏幕看老家院子，有时候，成群的鸟儿落在院子吃东西，有时候，风把门帘吹起来，在空里晃来晃去。我能看到花园里玫瑰花开，还有夜半洒满院子的皎洁的月光"（《回不去的故乡》）。

这不得不让人有神来之笔之慨。

四

我还注意到，俊荣的作品风格还有反讽和自谑的一面。俊荣骨子里是个骄傲的人，在是非曲直面前，他始终有自己的看法与坚持，作为成年人，他不会像年轻时"怒目金刚"一样动粗，因而这"坚持"便常以"反讽"的面目出现，因为地域环境的贫困和苦难的共同基因，我在俊荣的文字里嗅到了路遥作品的味道。但俊荣对苦难也有自己的态度和应付办法——

"我回村的时候去看了，我村西胡同畔上那棵斜长着，歪歪扭扭的榆树还是老样子，我小时候看时它有一胳膊粗，现在看它还是一胳膊粗。那时候，春天，从地里回来的人或许会用镰或者锄钩过来近处两根枝条，捋一衣襟榆钱儿回去蒸点麦饭。榆钱儿很甜，生的捋下来也能大口大口吃。村里风大，榆钱儿上的土也就难落住，洗不洗也都无所谓了。"（《村里的树》）苦中作乐，寻找人生的另一重乐趣。

"心情不大好了，拾一片瓷瓦刮刮锨上干了的一点土，三番五次，吱吱吱的，多半个村子都能听到刺耳的刮锨声，牙都能被听软。瓷瓦刮锨是四大难听声音之一，但是我就是要刮，把我的锨刮净，还要敲两下。"（《平锨》）咀嚼苦难，把苦难变成人生的养料。

"有的晚上，我头枕着锨把，躺在地上，看月朗星稀，猜想古人的生活，猜想他们是不是跟我一样，无聊而又快乐。"（《平锨》）这就是要挑战苦难的现实。

"我只想负责吆车，完全靠本事吃饭。尽管还有比我舒服的人，那就是生产队长。生产队长是队里最厉害的人，我从来没有想过能干到这个级别。至于大队长甚至公社干部，官再大我都没有想过，又不直接派活，隔了几层的干部，也根本不是我的理想。"（《生产队的那些事儿》）这里作者把自己的理想贬谒得越低，越反映出生活的苦焦、世道的不公，小人物与硬现实之间就有了对抗，反讽的效果非常明显。

反讽是一股强大的力量，尤其适合俊荣的写作题材和套路，"我叫了一个伙计，去他家收欠账，他没在，他老婆听说我要不到账会堵她家的门，一下子扑过来抱住我的腿声泪俱下，说把她的命要了算了。吓得我两股战战，几欲先走。我赶紧扶起她说：'嫂子，钱我不要了！'然后，我们走了，真不要了"（《要账》）。

石俊荣接着说——

"我这命，一辈子也就是适合搞加工服务业，现在的职业也还是来料加工，挣点加工费。虽然经常觉得加工费有点偏低，但是，公家做的大生意，很少欠账，也就这般了。"（《要账》）看到这样的文字，我们几乎是含泪而笑了，当事人的善良甚至愚懦都令人感动，也许"不争"和"吃亏"的哲学正是我们这个社会、这个民族的个性，经历风雨，"打碎牙齿和血吞"的包容忍让使我们成长、成熟。

五

石俊荣的作品所呈现的画面感、场景感也很出色，尤其是他笔下的故乡，虽然贫瘠，乃至破败，但却依旧美丽迷人，"上冬了，不知道远处哪里芦苇荡的芦苇变黄了，被人一大捆一大捆地绑着在街上卖。买回来的芦苇剥去外面的一层叶子，长长的，白白的。穿过一根专用的铁管，劈成长长的四瓣席篾，要用碌碡在上面滚来滚去，轧到席篾看上去光滑柔韧为止。编席的大师量量炕的尺寸，然后开始蹲在地上编，半个月的样子，两领席就编好了，铺在炕上，新炕新席，总是会跟上过新年"（《土炕》）；"队上有的庄稼长得非常旺，尤其是二尺高的黄豆苗，绿旺绿旺的。我冒雨偷着拔了几株，谁知道被不怕雨淋的队长他妈在地的另一头看到了，她在地头踮起脚不停地喊：'有人偷豆了——有人偷豆了——'我回到家，豆苗塞到兔窝，兔子还没顾得上吃两口，队长就跑到跟前，把我家的人和兔统统训了一顿，然后拿走了豆苗。可怜的兔子，一年到头贡献好几斤兔毛给我们当学费，一口精料都没吃上。队长他妈的眼神比如今的'天眼'都神"（《生产队的那些事儿》）。各个对话的场景活灵活现，人物个性毕肖毕现。

同样的还有对"相扶头"这个职业的再现："在说老规程前，相扶头已经端起酒杯敬了长者三回酒了，还要根据天气或者什么的说一说：'天冷了，喝一杯！'多数长者双手一拦再拦：'行咧！行咧！好了，好了！'一般都推辞不喝，大家都心照不宣，这是个礼仪而已。"（《坐席》）寥寥数语，却充满礼节、谦让、仪式感。同样的还有《有馍有面》里关于"发面"的描述："傍晚，妇女从门口墙上挂的一坨子酵面上掰下一块，用擀杖压碎，泡在半碗水里，半个时辰后，倒进一个洋铁盆，一边向里面撒面粉，一边用筷子搅，筷子能挑起面的时候就好了。第二天一早，和好的酵面上面布满了小气泡，说明酵面已经发了。"（《有馍有面》）在把粮食当成佛尊的时代，发面蒸馍的过程几乎相当于宗教仪式，人们悉心、认真、虔诚。

六

关于石俊荣，我其实还有很多话可以一说，这些年来他更多以记者身份示人。他对自己职业的尊重和崇敬，大家有目共睹，作为西安报业传媒集团驻渭南记者站站长，他长期扎根基层，在地域深耕，以良心和职业素养，写了许多有影响力的新闻作品，成为业内少有的优秀记者；在媒体融合转型的风潮里，他是西安报业传媒集团最早开设微博和微信的记者，主业之外，他孜孜不倦的勤谨与认真精神体现在对自媒体的运营上，短短三五年，他成为西安报业传媒集团极少数的在全国具有影响力的自媒体从业者。他是一个多面复杂的人。他是高原的汉子，关中和陕北过渡地带的黄土台塬养育了他，他天性中有坚硬、豪放、达观的一面，另一方面，他的天性里，有善良、细腻、温柔的一面。我们脚下这块厚重的土地孕育了他传统的一面，而长达半生的新闻工作者的生活历练，让他拥有了开阔的视野和敏锐的观察力。而且更重要的是因为他拥有坚固的家庭三角，善良聪慧的妻子，他们培育的优秀儿子，一家三口其乐融融，互相理解、欣赏和支持令人羡慕。至今犹记那一年朋友们小聚，祝贺他们的儿子考入四川大学文学与新闻学院的情景，俊荣以他特有的璀璨笑容，他妻子以惯有的平静笑容面对祝福和祝愿，此情此景历历在目，让人动容。

而我还要补充说，他的跌宕却丰富的人生经历铸就了他坚忍顽强的一面，让他坚定地面对人生，成为一块坚硬而内涵丰富的石头。石俊荣作品里有这样一个桥段，没有经历的人绝对看不懂，即便解释也不容易懂——"亲戚过事，我经常挤在人群里去看人家坐席。请走了跟我在一个窑洞里安顿的大人后不久，我就悄悄跟上去，不能跟太近，太近了人家是数好的人，去了多出个我，会被大人训斥；也不能离太远，太远了会有跟我一样的娃挤上去，偶尔还有机会替补上去。"（《坐席》）山区村里过红白喜事，孩子们眼馋想挤进宴席上混口吃的，作者独到而准确地把握到了这个情景的分寸感和少年心理。不用说，这首先得益于生活的赐予。

石俊荣曾经感叹："外婆和母亲遥望老家，跟我漂泊在路上一样。"这里有深情的眷顾、留恋、惋惜。石俊荣还说过："人生就像蒲公英，被风吹到哪里，就在哪里生根，发芽。"这里有深刻的豁达、经历与释怀。

凡是过去，皆为序章。己亥岁这个沉沉的暮夜，我写完上述文字依旧意犹未尽。俊荣爱秦腔，是既爱又唱的那种，我喜欢俊荣唱《劈山救母》中"刘彦昌哭得两泪汪"时酣畅淋漓的样子，我和俊荣曾经不同，后来有了交集，有较相同的感触认识，有幸同道，未来还远，当然也冀望他有平顺宽阔的未来。

己亥年腊月逍逍客于古长安之思斋

刘小荣，陕西渭南人。笔名逍逍客，诺思。高级记者、作家。西安报业传媒集团总编助理，新媒体中心主任，西安新闻网和西安发布总编辑，西安市作协理事。1985年以来发表过中短篇小说、文学评论、散文随笔等五百余篇；出版了《冬夜如香》《最后的潼关》多部随笔集。采写责编的新闻、文艺稿件先后十七次获中国新闻奖（副刊）、全国晚报新闻一等奖。

目录

回不去的故乡

1

母亲坟上的迎春花已经开了，父亲坟上的迎春花也开了。

父亲母亲去世后三个春节，我都回家去过年，在我的心里，父亲母亲仍然在，不过是走出村子，住在了地的那头。父亲用过的那把夹镰还挂在窗台上，静静的，也就是他割草回来挂的地方。母亲那把磨得已经没有棱角的铜钥匙，依然能够打开木柜上的锁子，还有她珍藏的那些衣物和小零碎。母亲三年（三年忌）过后，我回去少了，即使春节也没有回去了，平日里，没有亲戚的红白喜事什么的，也都没有理由回老家了。

老家院子的大门经常锁着。杂草长起来的时候，我哥和我四大会经常去清除，一年四季院子是整洁的。

无聊的时候，我会打开手机的监控，几百里之外，盯着屏幕看老家的院子，有时候，成群的鸟儿落在院子吃东西，有时候，风把门帘吹起来，在空里晃来晃去。我能看到花园里玫瑰花开，还有夜半洒满院子的皎洁的月光。

每次回到家里，无论春夏秋冬，我都去父母的坟地里烧点纸钱，供点随手带的食品，磕个头。

人的生死，也就是一层土，跨过一层土，从这个世界到另一个世界，从地上的院子到地下的院子，另一个世界和这个世界没有什么不同。没有离开村子的人，祖祖辈辈也就是这样，张三走了李四走，李四走了王五走，只不过在村外的地下安了家，不再打扰地上的人。还在村里日出而作、日落而息的那些乡亲，就是村里的"活化石"。

母亲在世时，跟父亲说："我要老在你头里，你老在我头里我怕你吓我。"

父亲脸上浮现出微笑："人死如灯灭，啥灵神都没有，你一满①都不要怕。"

母亲又说："我老了不想躺在棺材里，我觉得那里面把人捂得难受。"

父亲去世后，安葬的那片地叫老陵豁。秋天的午后，母亲一个人提着笼去那片地里摘绿豆，休息的时候，顺便拔掉父亲坟头的野草。

几年之后，母亲走了，也静静地躺在了父亲的旁边。临走留了一个包，叮嘱是自己攒的棺材本。她不愿意拖累儿女。

2

母亲1941年出生在河南省鄢陵县柏梁镇林家村，外爷扛枪上了战场，外婆后来给母亲说，在一个寒冷的深夜，外爷敲开家门，放下两块烧饼就走了，从此杳无音信。兵荒马乱，生活困苦，外婆把比母亲大两岁的儿子寄养在邻家，抱着半岁的母亲扒上火车离开家乡，一路朝西逃难。

外婆最后来到了陕西省白水县最北边的地方，生下我的两个姨，没有几年，第二任外公因病去世了，她又改嫁到附近的村子。母亲的舅舅曾经一路寻找，找到了外婆，在村子外，悄悄说带着外婆回河南老家，但是外婆丢不下三个没有父亲的小女孩，所以没有踏上回河南老家的路，两年之后，外婆身染重疾，与世长辞，孤独地埋在村子的沟畔。

二十世纪七十年代末，母亲病了，一家人把母亲抬上铺好被褥的架子车，母亲紧闭双眼，我们兄弟姊妹围着架子车低声抽泣，父亲拉着架子车，跨过村里正在放水的小渠一路向东，去纵目乡卫生院。

去卫生院要翻两道沟，我不知道父亲是怎么拉着架子车翻沟坡的。卫生院是纵目乡政府所在地，重要的是，小姨夫在乡上一个单位干事，小姨也去照顾。距离我二姨家也得翻一个沟，我二姨也去伺候。

我们家里孩子多，有时候吃了上顿没下顿，我二姨和小姨经常接济我们，偶尔会背一包馍送来，逢年过节还借给我们粮食，我们家里有事一定会想方设法借些钱给我们。那时候，两个姨家就是我们生活的乐园，尽管他们也算不上富裕，但是他们家里有吃的，还有书籍，我们兄弟姊妹假期最喜欢去他们家，因为能好好地吃几顿饭。

母亲大病初愈后不久的1980年夏天，她带着我两个姨去河南寻亲了。她们很想找到当年外婆留在邻家的哥哥。外婆在世，受到欺负，伤心悲痛的时候总是流泪抱怨，说要是带了哥哥出来，她也不会受气被欺负。外婆去世很多年以后，母亲她们姐妹三个凭着记忆给河南老家写信，写给了她们的舅舅家，河南省长葛县（今长葛市）南席公社曹碾头大队，这个地址小时候已经刻在我们的脑海里，联系上了舅舅家的三个儿子，是母亲的三个表哥。母亲回来大概是二十天后的一个晚上，夜已经深了，我们兄弟姐妹都睡着了，传来了敲门声，是母亲从河南回来了。

全家人都激动地爬了起来，母亲背了一大包各类旧衣服，还掏出来几把落花生和几疙瘩大蒜，我们一边翻衣服，看谁能穿什么，一边听母亲兴致勃勃地讲老家的事儿。说老家的粮食很多，落花生和大蒜丰收了，村子外面的池塘里有鸭子游来游去，还拿出了一张在河南的合影，让大家在煤油灯下看了又看。

说完，她又说老家人让多待一些时间，可是她想娃娃了，不能在河南多待。那时候，坐车得到几十里外，日夜颠簸和奔波，也不知道她们半夜是怎么走回来的。

3

2012年10月，我们兄弟仨带着母亲再次去河南寻亲。

我很小的时候，总以为外婆的家乡条件一定很差，一定比我们沟壑纵横、经常食不果腹、吃水都困难的南却才村还差，到了南席镇曹碾头村才真切地感受到，那里土地肥沃，一马平川，比我们的村子要好很多很多。

我们在曹碾头村口给母亲拍照留念的时候，村民们围了上来，听说母亲从陕西来这里千里寻亲，都争抢着指引母亲表哥的家门。

母亲的三个表哥两个已经不在世了。二表哥、我们的舅舅李喜旺八十三岁了，他精神矍铄，三十多年不见，见到亲人的那一刹那，两人紧紧握住了彼此的手，母亲叫了一声"哥"后，泪如泉涌……那晚，他们彻夜未眠，说了很多话。次日中午，在舅舅李喜旺的带领下，母亲和我们去距离曹碾头村只有几里路的鄢陵县柏梁镇林家村，舅舅跪在一位九十三岁的阿婆面前，这位村里年龄最大的老人听到母亲来寻亲后，老泪纵横，外爷和外婆的事她都知道，但是后来的事情她并没有说多少。

一位八十五岁的老人回忆了一会儿后，说出了外爷和母亲失散哥哥的小名。"原来的宅子早就成一片树林了！"老人细细地端详着母亲，瞬间就声泪俱下，"跑这么远寻亲人，不容易啊！如果不嫌弃咱屋里穷，你随时就来，这里就是你的娘家！"

母亲又是放声恸哭。

外婆和母亲遥望老家，跟我漂泊在路上一样。

我不能再回去干那些活了，路边已经没有翻倒着的要我扶的庄稼车了，村边没有需要我吆牛耕种的地了，锄地的人越来越少，南峁没有人向沟上背石头了，西沟那些割草、挖药和砍柴的小伙伴也都无踪无影了，镰

人的生死，也就是一层土，跨过一层土，从这个世界到另一个世界，从地上的院子到地下的院子，另一个世界和这个世界没有什么不同。

刀已经生锈了，犁和耧挂在墙壁上……

人生就像蒲公英，被风吹到哪里，就在哪里生根，发芽。

采药

  牛角沟的地势比较险要一些，但是那里的中药防风和柴胡都比较多，而且从一个峁上采着采着，到了沟底有哗哗向南流的溪水，可以喝，可以洗。

  村东南的干沟，山峁比较干燥，很少有防风和柴胡，但是远志不少，有些长得比较壮，一根顶其他地方两根。但干沟是一个我不敢经常去的地方，一直以来，谁家的孩子夭折了都会埋到那儿，比较胆小的我不敢一人去，况且大人老说那里有狼，我去干沟砍柴，必须让同伴看到我。天一黑，我从干沟回来就感觉身后像有人唰唰唰地走……农村的孩子，没有采过中药的那简直就不会过光景，一个暑假下来，药采得好，一般都能够个书费、本子费什么的。

  刚一开春，茵陈就冒上来了，"三月茵陈四月蒿，秋后茵陈当柴烧"。我们把茵陈叫黄蒿芽子，黄蒿芽子多长在沟边地头，用镰刀轻轻割长上来的嫩头就是了，根是不能带的。晒干的黄蒿芽子一斤卖两毛钱，一筐晒干也就是一半斤，这样低附加值的草药只有上了年纪的妇女才看得上，青壮年是不屑于比的。与茵陈一样，初春要采的还有长在庄稼地里的地丁草和蒲公英，至于车前草夏天采好像更好一些。车前草生在场边、路边，非常耐旱，多大的太阳也晒不蔫。益母草生在杂草丛生的地方，不值钱，很少有人去采，只是用的时候才有人去地里割些。

  男子汉当然干力气活，扛个镢头背个粗布拼起来的包就出发了。采药要去险峻的地方，险峻的地方去过的人少，药根长得壮。但这些地方有时候不经意间会溜出蛇来，蛇扭头看看，慢悠悠游走，吓得我是大气不敢出，两腿颤颤，几乎要从半沟滚下去。采药中，不小心还可能碰到马蜂窝，撞上了就得赶紧悄悄地趴在地上，看它们在头顶愤怒地盘旋，起来逃脱后半天心还咚咚咚地跳。路边偶尔也有采药人遗留下来的未被采走的中药，但是少之又少，柴胡那是细得可怜，防风露个芽也被镢头刨根几尺深。

三五天的连绵春雨后是采药最好的时机，在湿透的山洼上能抓住柴胡的叶子把根完整地提上来，省时省力，收获大。说不定还能拾到蛇蜕，蛇蜕有祛风、定惊、退翳、解毒的作用，活蛇不敢逮，可以拾了蛇蜕慢慢看，还能卖几毛钱。夏天，还能从树上拾好多的蝉蜕，这也是可以卖钱的中药。

男人采回来的药里，柴胡是价格相对好的，秆儿和叶子剪掉，剩下根儿晒干一斤可以卖到一块两毛钱。防风根比较粗些，量大，晒干也只能卖个八毛钱。远志是比较麻烦的，回来要把根里面的芯子趁湿抽掉，抽成一段一段的小筒，晒干后能卖到两块五毛钱。药贩子的收购价格是按采药的难易程度算的，这个倒是很公平，不过他们的秤老是让我不放心。

专门采药的人不是很多，因为我们贫瘠的山峁沟梁早都被村里人踏过多遍了。那时候只有个别人在外干事，所以村里和沟里是很热闹的。

放羊的顺带采药或者砍柴是正常的事情，羊在山坡吃草，放羊的在旁边砍些柴，用绳子捆得结结实实，要不就用镢头去挖药，当然，砍柴的时候发现药也绝不会放过。一群羊吃饱了，柴或者药都弄得不少了，一举两得，所以有"放羊娃拾酸枣"的顺手事情。

比起采植物中药材，采动物中药材那就惊险许多了。蝎子是夏天和秋天药贩子经常收的中药材，但是我一直认为，蝎子这东西真的不好逮。筷子劈开，中间夹点东西，用绳子缠起来做个镊子，找一根二尺长的钢筋，

「三月茵陈四月蒿，秋后茵陈当柴烧。」

然后跟着村里的伙伴去逮蝎子。

大半天，我们都在山沟里爬上爬下，他一会儿逮一只，一会儿又逮一只，逮了二三十只。我不知道蝎子窝在哪里，胡乱撬了一天，垂头丧气，抓到了一只小得可怜的火蝎子，它在瓶子里面倒是很精神，伸着前面两个钳子，拖着带刺的尾巴在瓶子里高高兴兴地跑来跑去。而同伴的瓶子，厚厚实实卧了那么多黑背蝎子，一只只慵懒的样子，有的趴着一动不动，相当老成。黑背蝎子能卖五分钱，我那火蝎子硬是二分钱塞给了药贩子。我一直觉得我没有逮蝎子的命。

传说有人在沟底搬开石头，一下子逮了几百只蝎子，这让我羡慕了好几年，这可是要卖不少钱的。有多大收获当然就有多大付出，逮蝎子多的也挖出来过蛇，挖出来其他虫子也很多了，被蝎子蜇也是常有的事情。而被蝎子蜇了后还不能喊"妈"，据说蝎子生仔后仔仔就会吃了母蝎子，所以被蝎子蜇了喊"妈"会让蝎子伤心，自己也就更疼。还有蜈蚣等，都是中药材，但是看到它们我就比较怵，而且很难遇到，也不敢去捉。

吃药的人多半不知道中药成材的经过，其实，每一味中药的形成，都有说不完的故事。

种地

　　农村的好多俗语听起来是耐人寻味的，比如说"没猴耍了""把猴牵了"，意思分别指的是"没事干了""核心的东西被拿走了"，表示事情完蛋了。以前，农村的大人对男孩还是充满着望子成龙的愿望，对读书差的孩子，大人就会忠告："你再不好好念书，将来就打牛后半截！""打牛后半截"指的就是农民种地，吆牛干活的时候，鞭子只能打后半截身子，打后半截，牛就知道朝前走，打牛头，牛会掉头跑了的。

　　"牛后半截"是不好打的。惊蛰一过，牛、马、驴、骡子，能干活的牲口都要吆出来犁地了。鸟儿鸣叫着从头上掠过，但是春风里还带着阵阵寒意，就是所谓的"春寒料峭"。一大早，我起来穿着夹袄，把牛从圈里牵出来，给绑好跟头②，拉上耱，放上耙，把犁扛在肩膀上就向地里出发了。渭北旱塬的地，水肥不足，气候温差大，庄稼生长期特别长，产量也不高。一年种一料③庄稼才能丰收。春天犁地是种玉米、黄豆等一些秋季庄稼；夏天犁地是为了秋天种小麦。

　　牛犁起地来比较慢，走路扑踏扑踏的，但是劲大，相对于马、驴和骡子来说，犁的地要深一些。马和骡子脾气都很暴躁，一路昂首快步向前，如果打得不对，它会后蹄子尥起来踢人的，弄不好就被踢伤。而驴身板比较单薄，拉犁颤颤巍巍，没事老是摇着两只端铮铮的耳朵扇蚊子，驴脾气很犟，经常突然就嚎叫一阵子，全村都能听见，声音死难听，农民老拿驴叫来表示人喊声的不文雅。驴还爱随地打滚，弄得土末烟尘飞扬。我认为驴是最难使唤的牲口。但是看那瘦弱的样子，我从来没有骑过它。我家使唤牛还是多一些。

犁分双铧犁和单铧犁。双铧犁大，要两头牛才能拉得动，犁的地比较深，单铧犁只要一头牛拉，相对犁得要浅一些。不管是双铧犁还是单铧犁，前面拉犁的地方上下都有三四个孔，挂在最上面的犁地最深，最下面的最浅。两头牛拉犁的时候，力气大的走在犁沟里，力气小的走犁沟上面，因为犁沟上面走起来得劲，所以犁沟里的牛总是想向上面走，也就总是被主人打几鞭子然后骂它"不踏犁沟"。农村养两头牛的人家少，需要深耕就要借邻家的牛，你借我家的牛一天，我借你家的牛一天。

一头牛拉犁的时候，牛就走在犁沟里。犁地时，左手拿鞭子，右手把犁拐，一根细绳从牛头绕到犁拐上，需要牛朝左走，拉一下左边的绳，需要朝右，拉一下右边的。在农活里，我最干不好的就是犁地，手把犁拐，我总是走不端正，一脚高一脚低，老是踏到犁沟里去，犁出来的地歪歪扭扭，被家人一再数落。

百人百性，犁地的时候，有些人唱着戏，鞭子在空里抢个不停，不打牲口。有些人动不动就打，从开始犁地到结束，还一直骂牲口不出力。有的人更厉害，犁地不顺心后，回家先找碴把老婆打一顿。我和我哥、我姐一起拉过犁，犁的地很浅，但是我们肩膀上都被勒得乌青。牛马在拼命干活的时候，有人还要骂，我很替牛马抱不平。

犁的每垧地都要耙，然后耱，这样水分就不会蒸发，如果天气太旱而庄稼必须下种，犁起来的胡基④要用打胡基锤捶打碎的，不然耱的地就高低不平，影响耕作。卸了犁把带着两排铁齿的耙朝下，上面放一筐适量的土，开始把犁好的地耙一遍，地里的土块都会变碎。牛是很聪明的，如果卸了耙开始装耱，它就非常激动，耱地完了预示着快要回家了，人刚刚跨开腿踏上耱，它就埋头几乎小跑一样拉开了。如果天黑了主人还不收工，牛也会闹情绪的，走到路口径直向家里走，不愿意再劳动了，主人当然是领导，提前下班是不可能的，必须把牛连打带唬揪住继续干活。当然也有"老牛自知夕阳晚，不用扬鞭自奋蹄"的牛，知道要把活干完，铆足劲非常感人。

玉米、大豆等大颗粒的庄稼一般是前面犁地，后面点种就可以。糜子、小麦、油菜等就要用耧来播种了。

耧地相对要轻松一些，只要一头牲口就可以。一个人在前面牵着牲口的头拉着耧走，保证能播端正，另一个人在后面摇动耧播种。

耧是非常精致的农具，结构包括牲口拉的耧杆，深入地里漏下种子带着小铧的三个耧腿，还有能装几升种子的耧斗，耧斗里有控制种子量大小的子眼。子眼中间的竹签里面是大耧斗，外面是小斗，竹签外面的绳子上挂一个精致的耧核，摇耧斗上的耧把，耧核就动，拨动竹签把种子流到小斗，顺三条耧腿种到地里。种子不一样，子眼大小调整也不一样，比如非常光滑的糜子，一亩地需要五六斤就够了，子眼要小。油菜籽一亩地一斤左右就够了。小麦一亩地需要个二三十斤。有经验的人，要根据地的长短，种子的多少设置好子眼，然后还要根据实际情况决定摇耧的快慢，摇得快，种子下的多，摇得慢下的少，和照相机的快门速度差不多。摇耧的过程中，要不断看耧斗的变化和三个犁铧腿是不是畅快下籽，小麦里种子不纯也可能堵塞了耧腿，如果不及时看，一行庄稼就种不出来了，浪费了地。

外行耧地会发生很多有趣的事情，一个不懂耧地的人去耧糜子，糜子种子倒进耧斗后，天下起雨了，自己赶紧脱下衣服盖住耧斗，种子被雨淋湿就不好播种了。然后冒雨急匆匆耧，几个来回把地耧完后，掀开衣服一看，种子播完了，高兴地说："刚刚好！地也完了，种子也完了！"糜子苗出来后傻眼了，只有几十步密密麻麻的苗子，其余的地都是空的，子眼没调整，种子很快就漏完了，其余的地虽然耧了但是没种子。

　　都说"当官不与民做主，不如回家卖红薯"，我觉得，红薯也不是那么好卖的，不是专业人员，红薯不一定能烤黄、烤熟、烤好。"三百六十行，行行出状元"，地种得好的人，犁出来的地端端正正，种出来的庄稼横竖都是行，堪称艺术品。种不好，不仅难看，而且没有收成。

　　隔行如隔山，所以，干好自己能干的活，因为，地，也不是随便一个人都能种的。

隔行如隔山，地，也不是随便一个人都能种的。

一地西瓜

狗已经睡了，但是我还没睡着，我不是怕鬼，我是肚子胀，瓜吃多了……

西瓜指头蛋大的时候，种瓜的瓜农就要在瓜园子里搭看瓜的瓜棚，地块小的就搭在地中间，四周都能瞭望到；地块中等的在地头两边搭两个，其中一个是用来迷惑贼的，瓜农只住在其中比较"豪华"的一个棚内；地块更大的就是地中间和地两头都有瓜棚，其中两个是用于迷惑贼的，其实瓜园主人只住一个。

要准确判断瓜园主人经常住在哪里，白天主要看瓜棚旁边的狗窝和主人踏出来的那条路。瓜园主人不常住的地方一般没有狗窝，也没有路。那条直通经常居住的瓜棚的小路就会出卖主人，满地结瓜了后，主人会每天不停地在地里收拾瓜，要不停地去棚里取瓜铲，提油渣，累了还要去床上歇一歇，所以就踏出一条路了。不常住人的棚里基本就是两张门板架在两条板凳上成了一张床，瓜熟了的时候，瓜园主人会偶尔坐在这个瓜棚里面的床上，听见狗咬会探出头来，让路过显然不是来换瓜的人进来吸一锅旱烟，然后远望满地已经能吃了的西瓜，一脸难过的样子说："今年瓜没成……过几天开园了你过来吃瓜……"他坐在根本没有铺盖的瓜棚里做出一个他就在这里看瓜的假象，让来人知道不要轻易来偷瓜。晚上了一般就看煤油灯在哪里亮，主人肯定就在哪里，煤油很贵，没有人轻易点灯白费油。

住人的瓜棚要找一块利水合适的地方，挖一个二三尺深的长方形大坑,在坑上边搭成"人"字棚,用树枝挡严,要通风,还要遮阴,还要能挡雨。下两个台阶到棚里,床上有被褥,地上有务瓜用的农具和肥料,煤油灯白天放在床底。站在瓜棚里,感觉层高不错,上面还能挂马灯。

瓜棚搭好就开始防贼了,那些毛头小伙子看到拳头大的西瓜都会拧一个摔开吃,就像生下来没吃过西瓜一样,简直就是"野人"。

我帮人看瓜,一般都是吃到肚子胀,黎明才能睡着,所以狗早就睡了。

我帮人看瓜是不收钱的,那时候基本不谈钱,谈钱见外,就是吃人家的瓜。每天我就盼有人来地里换瓜,这时候主人就要切瓜让来人尝,我顺势就放开吃,来几拨子人我就吃几拨子瓜,所以几乎不吃饭,满肚子的瓜。

种一料瓜不容易,没有特殊情况是不叫人帮忙看瓜的,虽然看瓜不给钱,但是吃了的瓜本来可以卖钱的。

村里有个青年横死在外地,他的亲属深夜把尸首拉回来埋在村里的山峁上,村里有一家的瓜就种在离山峁不远处,瓜快熟了,传说在夜深人静的时候,横死青年的灵魂不太安分,所以种瓜的就找到我,觉得我是一个好小伙,让我帮忙看几天,我就去了。

狗是非常善于表现的动物,白天看见主人在,有人来换瓜,它是拼命地扑咬,都能把铁绳扯断,但是真正遇到一个人拿把锨从它腰上拍一锨,它会低沉地惨叫一声,拼命跑得无踪无影。所以,半夜三更狗声大作,那多半是因为风把地头的枣刺堆吹得在地里滚了。皎洁的月光下,西瓜地里有黑影,狗从喉咙里发出低沉的怒吼,那一定是上次把它打得怕了的那个人在偷瓜。狗都害怕贼,我当然也害怕,我不怕青年的灵魂,我怕贼手里的半截砖。我叫了主人几声,主人好像也睡着了,我当然也就屏住呼吸,权衡利弊,为了主人几个烂西瓜,贼如果要了我的小命或者拿砖头拍残我,我觉得为了吃这点瓜不值得,所以我就憋着尿,装作睡着了,什么也没听到……

如果几天没有人来地里换瓜，我就没得吃，主人也不主动，我就要主动去地里摘一个长得比较丑的而且不太大的拿到瓜棚，给主人说这个瓜再不摘就坏了，然后切开来说"还差不多……"之类的话，给主人一瓣，我放开吃其他的。我毕竟是一个憨厚的农民，还是有一颗善良、淳朴的心，把品相好的瓜留给主人卖，好出手，好瓜我也不好意思摘。城里的人总是在想老农民把最烂的水果卖给了城里，农民吃的是最好的，其实去地里看看就知道，最好的水果总是轻拿轻放想卖个好价钱，剩下来的烂果子才是农民自己吃的。

有一年，我家的苹果树全部被挖了，我弟说："咱以后再也不用吃烂了的苹果了！"

农民干的时间久了也就成哲学家了。

另一年，我三姐家种了几亩瓜，叫我去帮忙，这个忙一定要帮，关键是那个村子我喜欢。村子在川道里，下了沟，过一座石桥，就到村庄，窑洞都靠北边的山崖，村庄围了个半圆形。村子的南面是几百亩的划成块的平地，地的最南端是一条从西向东的河流，河的南岸是刀切下来一样笔直的石崖。这条河比洛河窄很多，又比我村西沟那条一步就能跨过去的河宽很多，既淹不死我，又有河的气势，都在我的把控之中，我比较喜欢那里。所以，我姐和我姐夫邀请我过去帮忙看瓜我就欣然前往。

给自己人看瓜吃瓜时少了给别人看瓜时吃瓜的矜持，我看到不太顺眼的瓜就直接摘下来，也不需要过多的解释，直接吃，也不必吃得狗都睡了我因为肚子胀还没睡。就像自己掏钱吃饭或者不需要掏钱上厕所一样合适、舒心、自然。

给我三姐家看完瓜的第二年我也种西瓜了。原因是我想去一个地方卖瓜。我和我姐夫一大早就去沟北一个村子卖瓜，村子属于陕北的地界，太阳悬树顶，我们在树底下喊着："西瓜——"有女孩子，跟我年龄差不多的女孩来换瓜，含情脉脉地看着我，女孩不仅看起来漂亮，而且清澈的目光里泛着聪明智慧。我当时就有点心乱，那时我的头发很黑很旺，穿件白衬衫，十七八岁，确切地说应该是十七岁，我都喜欢我自己，所以我觉得这应该是要定人生大事了。所以第二年我要种瓜，主要是我想去那个村子卖瓜。

我种瓜比其他人种瓜要早二十多天，我用的是地膜，地膜才推行的时候我就用，还买了铁筒装的西瓜种子，看到种子筒上鲜艳的西瓜，我想到我满地的西瓜都是这样：大，绿皮，红瓤，黑籽。

下完瓜种，地膜铺完三四天我就天天去地里转，期待它们快快出苗，快快长大结瓜，我要卖瓜。

过了七八天，瓜苗陆续从土里钻出来，隔着地膜就能看到，发现一棵，我就把地膜撕开一个窟窿，让瓜苗长出来。瓜苗扯开蔓子的时候，我要从清早忙到天黑，给瓜苗附近上点油渣，把扯开来的瓜苗用土块压住，一条蔓子和一条蔓子平行着，瓜蔓长一段压一段，满地看起来要整整齐齐，像一支纪律严明的队伍。每条瓜蔓每天都可能从旁边长出新的芽子，要及时发现及时掐掉。只能留一条蔓子生长。长蔓子的过程中会不断横生枝丫，然后开花、结瓜，但是只能留蔓子中间那个瓜，这个瓜离根不能太近，太近了瓜长不大；也不能太远，太远的瓜也长不大。多余的枝丫和花、瓜都要掐掉，每天把每个瓜蔓都要看一遍，至少两三天要看一遍，像看孩子一样萦心⑤。瓜像碗大的时候，两三天就要慢慢拿起来翻个身，让下面没有见上太阳的地方见见光，不然瓜熟了一半是绿的一半是白的，买主会弹嫌⑥……

从大小看，我觉得瓜已经熟了，敲了几个我觉得也熟了，问了村里种瓜的人，来人敲了敲说得模棱两可，挑了两个切开来看，黑籽红瓤，非常好。然后第二天一大早，我把我弟喊起来，凭感觉摘了一架子车的瓜拉到邻村去卖，乡里乡亲，我们对来换瓜的都说保熟，瓜卖出不一会儿就有三三两两的人抱着两个半截红里透白的西瓜急匆匆赶来，有的怒气冲冲，有的语重心长："娃呀，不敢卖了，都是生的，把瓜糟蹋了……"最后，我们垂头丧气地把半架子车西瓜拉回家，喂猪了。

后来，我也不知道那一地西瓜是怎么处理完的，反正没有去成陕北那个村子，主要是第一次卸的生西瓜给了我当头一棒，再就是陕北那个村子离我们村太远了。

城里的人总是在想老农民把最烂的水果卖给了城里，农民吃的是最好的，其实去地里看看就知道，最好的水果总是轻拿轻放想卖个好价钱，剩下来的烂果子才是农民自己吃的。

青黄不接

母亲在苜蓿地里看着狼，狼在地畔高处看着母亲。对视了一会儿后，狼走了，母亲提着半笼苜蓿慌慌张张跑回了家。母亲回想起来说，她的胆都被吓落了。

传说村子周围的狼很多，有孩子在门前的粪堆旁边拉屎，被狼叼走了。据说狼如果咬着人，只要不换口，人还有的救，如果换口气，基本就没命了。我见过附近一个村子被狼咬的人，半边脸被撕裂，下面的牙齿外露。我不知道他是怎么从狼的口里逃出来的。

窑洞的窗子都很高很小很结实，距离地面有多半人高，实木，框子很窄，跟电影里牢房高处的窗子差不多，三四岁的孩子是钻不出去的。窗子小，就是怕狼从外面钻进屋子吃了孩子。

我家没有院墙，晚上睡不着了我总是躺在炕上眼睛眨也不眨地看门缝，皎洁的月光透过门缝洒进屋子，春天会起一阵一阵的风，门帘会随风飘动，我总会朝最坏处想，想是不是狼来了，在掀门帘。忍了几回，我终于还是没有敢叫醒父母。

父亲胆大，他说他从不怕狼，深夜从外村回来，路上有眼睛放着蓝光的几条狼跟在他后面，他扛一把镬头，一点也不害怕，从容不迫地走回家。他说他白天在沟里放羊的时候，会有虎视眈眈的狼扑到不着群的羊跟前，把羊咬死。他一镬头吓走狼，背上被咬死的羊，从沟里上来，去给队里交差。不甘心的狼，还跟在后面撕扯他背上的羊。他向前走几步就得回头呵斥，狼就退回几步。

青黄不接的时候，人没有吃的，狼就更困难了。

队里的粮库是深深的窑洞，粮食已经见底了，只有在角落里能看到堆的一点杂粮。我们家人多，可以去借一两斗糜子。糜子馍硬且涩，难以下咽，可是，不吃它就只有饿着。同样难吃的还有玉米面馍和荞面馍，瓷硬瓷硬的，没有好牙是啃不动的。

春天有了返销粮，我们借钱去买些，擀些白面，中午可以拾些野菜下锅，再下点苞谷糁，这样的饭我现在仍然爱吃。有时候，再去地里挖油菜根，刚刚萌芽的油菜根上面是绿的，下面和小一点的白萝卜差不多，煮熟了很甜，很顶饥。

我拿了三块钱，到乡上粮站，要买十斤面。卖面的人说，一袋三十斤，不拆袋，我说我只拿三块钱，只要十斤，粮站上的标语写着"可以零售"。售货员不得不拆了袋子，很不高兴地给我称了十斤面。我背上面，从沟里向回走。山沟里鸟儿在树梢叫着，沿河的柳树已经变绿，我把面放在石头上，蹲在河边洗把脸，喝几口清澈的河水，河水里并没有鱼，我一直想在我们沟里的水中看到鱼，但是没有，然后背上面继续向回走。

去邻家借面，邻家婶把拿去的粗瓷大碗放到案上，从面瓮里舀一瓢出来，慢慢地一层一层撒在碗里，一直撒到有个尖儿。从面瓮里直接舀面是实的，舀得会多一些。这个慢慢撒，一来好看，二来用面少一些。还的时候一定用借面时的碗还，如果换了碗还，会被退回去，以后再也没有互相借的可能了。

我在磨坊干活时，一个二十多岁的小伙子，背来七八十斤麦子来磨面，他坐在麦子桶边，抓了一把又一把的干麦子咀嚼着吃了。

青黄不接的日子总是很漫长，太阳无精打采地晒着不见长高的麦苗。狗没有守家，在村头晃晃悠悠，这里闻闻，那里嗅嗅。有气无力的牲口种完早春庄稼，在使唤者懒洋洋的吆喝里，慢腾腾地向圈舍走去。瘦骨嶙峋的猪已经厌烦了吃草，在圈里无聊地哼哼唧唧。只有母鸡偶尔扯开嗓子在院子走来走去叫一圈，带来一点生机，提醒大家自己下蛋了。主人赶紧过去收了温热的鸡蛋，放到瓦罐里，准备积攒起来卖了称点油盐。

有穿得破烂的乞讨者会到门口，家里有什么吃的就给点什么。

青黄不接，整个世界的人都在寻找吃的。

青黄不接，
整个世界的人都
在寻找吃的。

有馍有面

有馍吃有面吃，就是好日子。

白面红面

不管蒸馍还是擀面，都要拿面粉说话，面粉要拿小麦碾，也就是磨面粉。

小麦碾完分成两摊，一摊是面，一摊是麸子。日子差一点的人，面又分成两种，白面和红面。

石碾子出面很慢，推着转一圈又一圈，一圈又一圈，头昏眼花，没个尽头，磨出来没有多少面，推几十圈后，妇女把落在碾盘上磨出来的面粉搅在罗子里，在罗子里哐嘡哐嘡罗，大部分又倒在碾子上，继续推，一个上午大概也能磨出一斗粮食吧。小媳妇在推碾子中变成了老太太。

水碾子我没有用过，村西沟有水碾子的遗址，一人多高石崖，有人工凿成的渠。我是个爱弄闲事的人，曾经专门去看了很多次，横看竖看想象不来当时是怎么碾面的。我大姐说，把一块木板抽起来，水碾子就停了，大概把木板插下去水碾子就转开了。她说她只记得一个月黑风高夜，自己一个人心惊胆战地在水碾子坊罗面，父亲要把罗好的面分几次背上沟，送回家里。深更半夜四处无人，风不停地在外面吹，漆黑的窗子外面她不敢看一眼。

电碾子磨面已经半现代化了，但是一半是电气化，一半还是人工。碾面机安在屋子里的平地上，半人高，下面有一个长方形的坑，也是半人高，碨面机下面的罗子朝下方有两个出口，中间的出面粉，前面的出麸子。上面一个人把粮食倒进碨面机的斗里，被两根钢棍磨过，流进罗子，罗子里有三把转动的毛刷，把面粉挤出罗底，落到面粉的桶里，把麸子推出前面的出口，落到桶里，桶接满后换上去继续碨。

要碨出好面，先要用适量的水把小麦黏⑦一下。黏一下后，小麦的表皮在碨的过程中慢慢磨烂，就像一开始把小麦的衣服脱了一样，这样，小麦的麦瓤就先碨出面，面白，碨几遍后，麸子才开始成面，就成红面了。

黏小麦有些讲究，时间不能太早，也不能太晚，不能太干，也不能太湿，这就好比吃饭调盐，全凭经验和感觉。

小麦里水黏得太多，直接碨成了燕麦片。水黏得太少，面粉飞扬，面与麸子分不清，整个面是红的。水黏得太早了，渗进麦子，碨出来的面是青的，黏太晚了湿漉漉的，碨面能把罗底糊成糨糊。

我有经验，手向麦袋子一插，就知道能碨不能碨，碨出来的面怎么样。

把麦黏得合适的总是那几个妇女，平时穿得很周正，有些讲究。不少妇女总是遗鞋掉帽子，不是湿就是干，而且下顿就等着吃面，这就需要我掌握，刹碨子钢棍的时候拿捏轻重，尽量满足她们的要求。特别没谱的，活我就不接了，让拉到其他家里去碨，我不担这个风险，面碨坏了，这些妇女在村里到处说我技术不行，能散布到邻村，影响我的生意。

麦子碨第二遍的时候，大部分人会收一批面粉单另装进面袋子，一百斤粮食大概收一桶半，这时候的面是白面。碨面的妇女很珍惜，把袋子一按再按，放稳当，只怕面袋子倒了。

白面不能收得太多，收太多了后面的面就很红。

白面是平时擀面和偶尔有特殊事情蒸馍用的。大多数时间吃的是红面。

白面收好了，把第一遍和第三遍以后的面在木框里搅匀，三番五次地搅，然后装起来。这些红面是平时用来蒸馍的。

日子好、家有余粮的人比较阔绰，偶然有意无意会在人面前透露："粮食，粮食，有粮就有势！"这些人碾面，麸子留得多，不单另留白面，从头到尾把面倒在一起搅匀，一罗子，擀面蒸馍都是一样，面和馍都不红，很是自信。

粮食短缺的人家，反复把麸子碾来碾去，最后的面比麸子都红。有的人麸子剩了一小簸箕，下次来还提上，新的小麦碾完了又把旧麸子加在一起继续碾。碾的时间太长，我心疼，用的电费比加工费都高，但要若无其事，装作无所谓，客户就是上帝。

大部分人迫于无奈，要把麸子碾扎实，日子特别好的也有自己的嗜好，退休了回到村里的个别老干部就爱吃擀的红面片。他们的快乐就是盛碾到最后麸子挤出来的红面。但是他们颇体谅我，会多掏一些加工费，末了还会把麸子给我，说："我回去没牲口，麸子给你了。"偶然得这么一两桶麸子也很快乐，就像服务员得到了小费。

平时我会把散落在屋子里的麸子收集起来，喂家里的那头猪，一年到头，加工费没有落多少，猪卖了钱就落一大疙瘩，近二百块，是纯收入。

红面，白面，麸子，碾面能看到人的个性和各家的实力。

有馍

馍蒸得好的婆娘就是好婆娘，男人地里劳累一天，回到家只要有一口热馍，尤其是刚出锅的馍，夹上油辣子，男人就有说有笑，劳顿一扫而光，日子简直就是滋润得很。

没有馍或者馍蒸得酸的、硬的、软的，男人就十二分的不爽，总会找碴训斥女人一顿，识趣的女人默不作声，男人自顾自说得无趣就过去了。不识趣的，理由一箩筐，要么是娃打搅了揉面，要么是馍没晒太阳，要么是天冷酵面不好了，几句话后，火上浇油，内心已经起火的男人多半会顺手抄起东西砸过去，女人会哭哭啼啼，越想越委屈，倒霉跟了这么个男人。

想把馍蒸好，要好酵面，酵面是拿曲做的。傍晚，妇女从门口墙上挂的一坨子酵面上掰下一块，用擀杖压碎，泡在半碗水里，半个时辰后，倒进一个洋铁盆，一边向里面撒面粉，一边用筷子搅，筷子能挑起面的时候就好了。第二天一早，和好的酵面上面布满了小气泡，说明酵面已经发了。因馍蒸不好而受过气的通达女人，会到村上馍蒸得好的女人家取经，临走，还一定要借块干酵面坨。

把发了的酵面倒进一个大陶瓷盆，瓷盆里舀了半盆面粉，一边适量添水一边揉，一直揉到面盆里的面匀称、光滑，面就揉到位了。过半个时辰，面盆里的面开始发了，指头轻轻一压，眼看着面弹了起来，盆小的，面发到盆外，妇女就急急匆匆："面起了，我赶紧蒸……"这就能蒸馍了。

在案上把起好的面再揉一揉，揉进点小苏打和的水，馍会酥而不酸。揉成条，剁成大小一样的疙瘩，两个手轻轻握一握，馍就成了，整整齐齐摆了一案，一根烟的工夫，馍就显得很饱满，妇女像检阅部队一样高兴，马上入锅蒸。

紧火烧冒上一气，停一停，然后继续烧，半个时辰后，馍就熟了，一揭锅盖，热气笼罩了整个屋子，从窗子飘出去，半个院子都是馍香。

馍能热吃，能凉吃，能泡着吃，还能干着啃，能当主食，也能当零食，农村哄娃就是向娃手里塞半块馍，只要有馍，生活就基本是稳定的。

大部分人的馍是红面蒸的，好强的女人是坚决不让男人把馍拿到人多的地方去吃的，越穷的人越有自尊。蒸好放了一盆馍，如果馍颜色很深，听到院子进来人了，主妇会赶紧找块笼布把馍苫住。过年过节用白面蒸了一些馍，女人就允许男人把馍搊®在手上在村里边走边小口小口吃，逢人就搭话，嘘寒问暖，显得家里不缺吃的。

出远门的人，身上一定背几个馍，走几十里路，没有食堂，没有亲戚，假如没有馍就只有挨饿了。

家家粮食紧缺，出门都带馍，自己吃自己的。但是自己带馍直接吃又很没面子，然后就有了各种花馍。尤其是过大事，一家人的粮食根本不够，所以无论是结婚、娃满月，还是亲戚去世，都要根据关系的亲疏蒸大小不一、形状各异的花馍，事中供在列祖列宗的位置，让亲戚邻居看一看。过事的尾声，坐席的时候会切了这些花馍招待大家。主人家会在客人走的时候回赠一些婴儿拳头大小的小馍，意味着自己的日子还过得去，回谢客人来拿的花馍。粮食不够，小馍蒸得太少的，要切一半客人拿来的馍退回去。如果不回赠小馍或者不切一半花馍退回去，这门亲戚可能就因此走到头了。过个大事不容易，我有事你拿钱拿馍来支持，你有事我也一样行门户抬馍去帮助，也就共同度过了大事。过事吃不完的馍，切成片晒成干馍，随时也能拿上吃，嘎嘣嘎嘣，有味道。馍有点发霉，用水一泡，放点干豆角，蒸顿麦饭，浇些蒜辣子水，也吃了。

春节、元宵节等节日，只要出门去走亲戚，一定会带个花馍，吃了亲戚家的饭，给亲戚家留个馍，不白吃，增加了感情，不给亲戚家添额外的麻烦，这样的生活颇为自然。

吃面

吃面比吃馍的感觉好到不知道哪里去了。因此，擀得一手好面条的女

人到处都吃香。

面条是用白面擀的，关中经常能看到端着大老碗蹲在树底下吃面条的，把面条挑得多长，歪头看一看，还看别人看他不，边吃还边东家长西家短地与几个吃饭的邻家谝，吃完把空碗向面前的地上一放，继续谝。只等婆娘数落着娃赶紧出来把他大的空碗端回去洗。

手巧的女人把面条切得细长细长，宽窄不差毫厘，来客人了放点辣子面和葱花，油一泼，色香味俱全。客人时间充足的，女人从村里做豆腐的地方称点豆腐，切些红萝卜白萝卜疙瘩，弄一些臊子，浇上去，入味。如果是提前预约过的贵客，主人还会从集会上有准备地买一点肉，给臊子里加些肉丁，很上档次。

夏天把这细面条捞出来，在凉水里一过，油拌一下，摆在案上，吃的时候抄多半碗，吃起来凉爽又解馋，但这只有在干重活的时候吃，并不能经常这样奢侈地吃。多半时候，先要煮一些杂粮或者野菜、小米、玉米糁、红豆、扁豆、荠荠菜、蔓菁等，然后稀稀地下一点面条进去，"稀吃三年买头牛，稠吃三年卖头牛"，农民过日子要的是省吃俭用。

女人闲了，偶尔还要把面条改变个样子，切成菱形的，锅里下些小块豆腐、粉条、黄花菜，改善一下全家的生活。心情好的女人，还会扯一锅扯面，一边吃一边一再问家里人扯得好不好。

能吃面的日子就是好日子了。

小学记事

青石板做的课桌，趴在上面写字是非常冰凉的，即使是夏天。桌面也不平整，导致作业里的字也高高低低。

我上小学的第一天，老师看到我个子高，直接让我念一年级了。说是上学，其实教室连桌子都没有。开学大家都在教室背后晒太阳，教室是一排五六间厦房，就是陕西八大怪里"房子半边盖"的那种。几天后，学校拉回来了课桌面大小的青石板，匠人用泥和砖在地上做了腿子，把青石板放到上面，就算成了，腿子还是湿漉漉的，我们就开始上课了。教室最后面还有一个一丈多长的榆木长条桌子，可以趴七八个同学。

教室有四排桌子，两排是低年级的，两排是高年级的，老师给这边上完给那边上，低年级总觉得高年级的课程好听很多。

学校的院子里有半截城墙，是村里的财东家在兵荒马乱中打造的，我见的时候就只有那么东西百十米的残墙，有些人没事了就去用镢头挖些墙土垫牛圈。城墙西头有个蓖麻园，蓖麻园旁边是两三步宽的土路，路边就是我家。从学校门走进去，需要走上百米的距离，而从蓖麻园斜穿过去的话，只有二三十米，我经常冒险越过蓖麻园到校园，比其他同学要快几步，这样也很冒险，很刺激，自己感觉很有乐趣。

老师经常用拂土的甩子（类似道长手里的拂尘），抓住软塑料的一头，用柄狠狠地打同学的手掌，一甩子下去同学就会撕心裂肺地哭。老师会连续打四五下，打一下还让继续把手伸平，让老师继续打，谁要是躲一下，会加重再罚一下。每次打完，同学们都会大声号啕，把手紧紧地夹在胳肢窝里。我被打过两次，看到同学的恐惧，老师还没有打我，我就被吓哭了，但是打还是要被打的，甩子柄落到掌心，皮开肉绽的感觉，钻心地疼，回家筷子也拿不住。有一次，我眼看着老师把我一个堂哥的手打到肿得跟面包似的，被打几次后，他死活不来念书了。很多年后，他在一个小水泥厂打工，我去看他，他正在和开绞车的女工开着玩笑。私下他抱怨自己没文化，攀不上这个女工。再后来，回家生活了多年后，他投身水窖自杀了。我总把他的悲惨遭遇与老师打他联系起来。

好在我们一天一天长大，老师也在变化。一位带语文课的女老师，家在我们村子隔沟对面，有六七里路程。大概是兼顾农活，又性格胆小的缘故，每个星期天黄昏都要我们几个男同学去沟底接应她。

一次讲完课，她转身走了，坐在第一排的我起身面朝同学学她走路的样子，谁知道她刚出门又折了回来，我看到同学眼神不对的时候，她的巴掌就轻轻地落在我的后脑勺，我面红耳赤地坐了下来，同学们一阵哄堂大笑。她曾带新婚宴尔的丈夫住到学校，老师是学生家轮流管饭，她又不好意思带丈夫一起去学生家里吃饭，自己吃完后，悄悄给我们说往学校拿两个馍，提一壶开水，我们知道，那是给她丈夫拿的。

冬天的教室非常冷，手脚被冻伤是很平常的事，棉鞋被融化的雪渗透后裹在脚上，像踩进冰窖。每位来上课的同学都要提个火盆，书包里装几个玉米芯，不管谁的火盆不争气，浓烟滚滚，她都不会生气，还允许我们提出去在北风下面吹旺再提回来。实在不行，还让课间集体跺脚，或者去太阳下晒暖暖。

小小山村学校，也有潮流，每人一副铁环是男生的武器，女孩子当然有沙包、毽子和跳绳了，很值得炫耀。夏天睡午觉的时候，同学们轮换着睡桌子和板凳，板凳非常窄，先是提心吊胆睡不着，后来刚睡着了，咣里咣啷就有人掉到地上，引起没睡着的人一阵窃笑。

小学，每个人虽然都有不一样的痛苦，却有一样的欢乐。

　　校园城墙的东边是厕所。男生厕所的墙打得很不科学，上厕所要绕个大圈，我们男生商量，每天有计划地朝一个墙根尿，终于有一天，我们一起把墙推倒到厕所，开辟了一条上厕所的近道。不幸的是，多一个豁口，上厕所老有女生从厕所前来来往往，逼得男生总是提着裤子在厕所挪来挪去回避。

　　最令人兴奋的是，只要有母鸡跑进校园，我们就轮流追赶，可怜的母鸡慌里慌张，一般都会边跑边下蛋，我们就兴冲冲地拿去商店换几颗水果糖吃了。

　　有一些快乐带着忧伤，静下来，我非常羡慕吃夹油泼辣子白馍的女生，我那时想，只要能吃到白馍我就很满足了。

　　小学，每个人虽然有不一样的痛苦，却有一样的欢乐。

我的学校我的班

从经验来看，大家去干啥，我"跟风"干啥肯定不会成功。比如炒股，我跟上大家进去的时候，回头一看，大家好像都走了。追溯到二十九年前也是一模一样的。

二十九年前，我们正在上初中，春天是没有菜吃的，只有些吃腻了的腌咸菜。有同学发现教师食堂里有一堆萝卜，就放在饭厅的角落，没有人看守，有几个同学顺利地偷了些回来，还炫耀了一番。我也决定去悄悄偷根萝卜回来。

次日晚上下第一节自习后，趁着夜色我就出动了，偷萝卜的过程相当顺利，堆萝卜的食堂饭厅门虚掩着，我进去偷了一根中等个头的萝卜，大摇大摆走出了门。没走多远，对面来了一个黑影，直接就出现在了我的面前，我定睛一看，傻眼了！是管灶的老师！他问："你手里拿的啥？"

我答："萝卜。"

问："谁让你偷灶上的萝卜？"

我没有回答。

再问："哪班的？"

我比较老实："三（1）班的。"

他说："把萝卜放回去！"

然后我就乖乖地把萝卜放回去，心跳腿颤地回到了教室。

第二天一上课，班主任弓永顺老师脸色阴郁地站在讲台上，狠狠地吸了一口烟，他吸烟的姿势非常特别，总是让看到的人感觉烟很香，每次都是一口气吸掉半截纸烟。然后他说话了："偷萝卜是三（1）班的！舀水跑得最快的也是三（1）班的！我有自行车我也会骑上自行车去舀水，学校的水不够喝啊！"

我心里的一块石头落地了，一来管灶的老师没有问我是谁，二来班主任已经把矛头对准学校了。

弓老师说的舀水，真是一场"你死我活"的搏斗。六百多名学生，午饭和晚饭只供应两大锅开水。去得晚了就没有开水了，即使去得最早，也只能在伙夫的监督下，舀走一搪瓷碗和一搪瓷缸开水，帮同学代舀也不行。

我们班里的一个同学是在校勤工俭学的学生，除了跟我们一起正常上课，他还负责给学校敲铃，报酬是学校不收他的学费，上课下课什么铃都是他敲。有了这个优势，饭前最后一节课快下课，我们发现这个同学出门的时候，搪瓷碗和搪瓷缸就开始在课桌斗里哐当哐当响，随时准备出发。铃声一响，老师还没有离开讲台，我们就以百米冲刺的速度跑向大锅。后面来晚的其他班的人歪歪扭扭地在我们后面排队，想插队的就会被值周老师训斥一顿甚至往屁股上踢几脚。

把舀回来的水端到教室，在搪瓷碗里面泡上从各自家里背来的冷馍，调点盐和红辣子，就着咸菜吃完，然后用搪瓷缸的水洗碗。早晚都是这样子，枯燥且寒酸。

除了两顿饭，其余时间没有开水。冬天的晚上，渴得受不了的同学就用网兜网住搪瓷缸，用辘轳下到水窖里吊水上来喝，这时候，窖沿上总是围了一圈同学，期待着吊上来水。运气不好，会把搪瓷缸掉进水窖里，吊上来一个破了的空网兜。水窖不远处就是操场，据说操场有同学谈恋爱，看到的同学会窃窃私语，还有一些羡慕和嫉妒。

吃不好，也睡不好。晚上的宿舍跟冰窖一样，被窝是冰冷的，最好的

铃声一响，老师还没有离开讲台，我们就以百米冲刺的速度跑向大锅。

办法是先不要脱光衣服，坐在被窝里暖，暖和一点脱一点，棉裤则完全不用脱去的，两只脚一直蹬在里面，天亮的时候穿起来还有点热乎气。两个关系好的男生可以合铺，铺两床褥子，盖两床被子，互相给对方取暖。

宿舍门口顶上那个灯泡透着寒光，晚上九点半会按时熄灭。灯灭了同学们也不睡，吵吵嚷嚷地说东道西，值周的老师会在宿舍门口威胁让不肯睡觉的人站出去，大家就立马安静了。

一位说着普通话的老师讲地理，偶尔他很怀念自己的家乡："青岛是一个美丽的城市，是轻工业基地，大部分架子车的轱辘就是我们青岛产的""宝岛台湾盛产甘蔗，统一台湾后，我们每人能平均分四两白糖吃。"我不知道这位老师是如何来到我们这穷乡僻壤教书的，他带来了普通话。

历史老师戴一副圆圆的眼镜，半边用绳子绑住。坐在中间的两个同学上课在说话，老师让站起来，问他们在说什么，其中一个同学说："我说下课了借他两个馍。"老师挥挥书，让坐下来，说有事下课了说，上课不能说闲话。

游走在外，每每回家乡时，有机会我就去学校看看，寻找曾经的点滴。学校变化越来越大，学生有了食堂，想吃什么都可以买，开水也是随时供应的。但是一些孩子的家里还是特别的困难。几年前，西安一位企业家联合了十九家企业，给我们这个学校捐献了几十万元的课桌、床板和电脑等，让这个偏远得几乎被人遗忘的学校焕发了生机。

大锅开水，寒夜的凉水，操场的恋爱，宿舍的冰冷，借两个馍，等等，都像放电影一样过去了，那些梦中的姑娘也为人妻为人母，卷入了记忆。

门前的路修好了

门前的路修好了，水泥的。

隔几天，母亲就打电话，说路修好了，方便了，剩下的几袋苹果已经开始腐烂，快点回来拉走；又说，给我留下的红苕受热了，快要坏了，赶紧给孩子带去吃；还说，想着我的油和面可能吃完了，让我回去拉些。母亲是一个原点，总是牵挂着远方的孩子。

今天，母亲不再催促了，她躺在我们这个城市医院的病床上，念叨着每天治疗要花七十块钱。就在前几天半夜病发的时候，仍然不让我兄长雇车拉她去县城，在炕上一直坐到天亮，乘坐班车到县城检查完后，又坚持坐班车来到我和弟弟所在的这个城市。

在渭北一个偏远的小山村，我家的窑洞面朝东，我七八岁的时候，门前是一块蓖麻园，旁边是残破的城墙。蓖麻园和城墙之间有一条向东去的乡村小路。一个午后，村里正在放水，父亲拉着架子车蹚过门前的水渠，母亲躺在架子车里面，用被子蒙着头，一路向东，去一个属于纵目公社的地段医院。

母亲病了，是肺结核。

几天之后，我跟着大姐一路小跑，花了一天时间，翻山越岭，我感觉好像跑到了天的尽头，终于来到了纵目地段医院，看到母亲醒来了，虚弱地躺在床上，这是她第二场大病。

1969年，我家窑洞刚修成，也正在刚生完我三姐还未满月时，母亲搬进潮湿的窑洞，落下了一身病，四肢起了很多疙瘩，每逢天气变化就奇痒无比。多少年后，半夜三更母亲还在用铜片不停地挠，她说铁的东西挠了会发炎。我一岁的时候，母亲去西安治病，不放心把我放在家里，于是抱着我，一直步行到纵目。那里一星期只有一趟去县城的车，从纵目到县城，再到西安，来回一星期却只有一天是在看病，最终，病没有彻底治好，四肢的疙瘩在变天的时候就会痒。母亲听人说，用临潼华清池的水洗几遍四肢后疙瘩就好了。很多年前，我是去不起华清池的，多少年后，我总是奔波在为他人呐喊的路上，带母亲去华清池的事也就一拖再拖。

很多年前，我们兄弟姐妹多，家里的日子十分难过，父亲的脾气非常不好，一遇到不顺心的事情常常顺手拿起东西就朝我们身上打，母亲总是扑上去护住我们，看着我们惊恐地逃离，打我们的东西总是落在她的身上。

在外漂泊的日子多，回到家里，母亲总是有说不完的话，从父亲不好好干活说到六亩小麦她一个人收完了，从村东头谁的妈病重了说到谁家媳妇骂人了。鸡打鸣了，她又起来烟熏火燎地在灶火给我们做饭吃。我们小时候，她为了几十斤救济粮，看了多少人的眉高眼低。吃，是她对我们最大的关爱，历经饥寒交迫，她总怕我们吃不饱。

躺在病床上，同室的老太太是河南洛阳人，母亲精神好的时候，像遇到亲人一样与病友说河南的这河南的那，说河南还有自己一大家子人。母亲半岁的时候，外婆抱着她从河南鄢陵逃荒到了陕西，十三四岁的时候，外婆去世了。外婆去世后，老家的人是母亲心理上的依靠，我总是这么理解她念念不忘河南的心情。

一位朋友说："父母是一堵墙，有这堵墙在，儿女们就是安全的。"是的，父母在世的时候，我们觉得自己是孩子，父母这堵墙倒了，是否还有人在心灵上为我们遮风挡雨，自己是否还能够觉得自己是个孩子？

门前的路修好了，如果母亲不在了，我不知道，我回村子还看望什么，看望什么……

门前的路修好了，如果母亲不在了，我不知道，我回村子还看望什么，看望什么……

黄纸春联

除夕，意味着冬天即将过去，但是我还远远闻不到春天的气息。唐代有诗人说："今岁今宵尽，明年明日催。寒随一夜去，春逐五更来。气色空中改，容颜暗里回。风光人不觉，已著后园梅。"即便越来越老，我也盼望这个年快快地过去。

在这个不同寻常的除夕，我们有很多事情要做，与往年不同，要到地里请回父亲的灵位，父亲离开我们五十二天，阴阳两隔，音容渺茫，然后在门上贴上黄纸春联。家乡的习俗是，家里老人去世，第一年贴黄纸春联，第二年贴绿纸春联，第三年才恢复红纸。尽管是新春，但是我和我的兄弟姐妹都无法以往年心情去欢欣庆祝。儿子、侄子和外甥在院子放的鞭炮明显减少，还一再受到大人的喝止——老人去世的三年里，春节期间在院子是不能放鞭炮的，据说会吓走老人的灵魂。

我一直相信自己的梦会应验，就在事发前几天，我还在和朋友讨论我的梦也许是一种预感，太过灵验。也就是那一晚，我梦见两颗老牙掉了。梦里，我把连在一起的两颗牙拿在手里不知如何是好，非常恐惧。次日一大早，我对妻儿说，这样的梦很不吉利，妻说，哪个器官出问题了才会梦到哪个器官。我在一个搜索的网站专门搜索，有解释说"是一个非常好的暗示，预示着你的生活将出现大转机"，还有解释说"牙齿掉落是骨肉分离"。我怀着侥幸的心理想，可能是前者，后来事态的发展，让我不得不承认，我的梦是可怕的。

在我小时候，父亲脾气很不好，动不动就拿起东西打孩子，至少，经常打得我落荒而逃、望而生畏。我总是把他的脾气坏归结在我们兄弟姊妹多这方面，这个要吃那个要喝让他养活起来有非常大的压力。但是，随着我慢慢长大，父亲慢慢老了，以至于后来再追打我的时候，他会自己跌倒在地，而我总是惊恐逃离，耳旁呼呼的风声响着却不敢回家吃饭。父亲确实老了，前年夏天，在城市里我小家的洗澡间，我给他老人家洗澡，看到他瘦骨嶙峋的身体，深感自己漂泊在外，每次回家匆匆忙忙放点东西就离开了，对于父母，我真的是疏于孝敬。在我家住的日子里，没事了父亲就趴在窗子前向外眺望，天气不差的情况下，透过窗子可以看到巍巍南塬。终于还是受不了城市生活的种种不便，父母又回老家去过悠闲的日子了。

　　家乡的寒冬腊月是非常冷的，时不时就卷起黄风，没有风向，只有扑面而来的寒冷和尘土。年轻的时候，父亲会唱戏，冬闲会和一些同伴去几十里外的地方跟班，在婚丧嫁娶的场合给人唱，除了挣得几块钱几盒烟一半瓶酒外，还要想方设法从席面上夹两个猪肉馍。家里没有自行车，再远的路程父亲都是步行。深更半夜，寒风呼啸，听到父亲的敲门声，我们兄弟姊妹都会醒过来，兴奋地等待父亲掏出裹在手帕里的肉馍，母亲拿出一个，给一人分一小块馍和小小一块肉，肉在嘴里反复咀嚼，舍不得咽下去，过了好久了，我们兄弟姊妹还要互相问肉咽下去了没有。这时候，在忽闪忽闪的煤油灯下，隐隐感觉到父亲面带笑容，把既粗糙又冰冷的手伸进被窝，再放到我们的身上。

　　父亲去世前半个多月，天气变冷了，老家本来有一个可以用的铁炉，几乎从来不提及给家里置办东西的他，坚持要再买一个他非常爱的铁炉，并说冬天我和弟弟回去了一个窑洞生一个铁炉，暖和。后来，他确实托人买回家了，下葬那天，他爱的铁炉也一起埋葬了。

　　在我耕种过的土地里，父亲的坟在地头，坟周围的花圈随着萧瑟的寒风瑟瑟作响。长跪坟前，一把纸钱一炷香随火消逝，悲凉一声长哭，人生命途多舛。父亲离世，很多朋友千里迢迢到我那穷乡僻壤的老家，给我慰藉，终生难忘。春节，在家里，父亲的遗像前面摆放了各种食品，香炉里袅袅升起一缕烟雾慢慢飘散。父亲去了，另一个世界没有恩怨，没有痛苦，逝者已矣，生者当如斯。

父亲去了，另一
个世界没有恩怨，没
有痛苦，逝者已矣，
生者当如斯。

管饭

阳光从低窗照到了炕上，炕上摆着一个四方的木盘子，盘子上有五个碟子，四角分别是油泼辣子、盐、黄花菜、豆腐炒粉条，中间是一盘炒鸡蛋。屋子里的地上洒过水，已经扫得干干净净。树荫下的院子也一样，母亲把角角落落扫了两三遍了，整个村子都是安详的，谁家的公鸡偶尔会在远处引吭打鸣，鸟儿在树梢叫几声。放学后，我先回家看看，确保各项准备工作都停当了，然后返回学校去郑重地请老师来家里吃饭。

有人说："人生没有彩排，每天都是现场直播。"我觉得，人生所有的事情都是彩排过的，至少在心里彩排过，让每件事情都万无一失，而真正现场直播的事情，难免发生意外。

我两只手各拎一位老师的电壶，紧张又激动地走在前面，两位老师跟在我后面，几步路就回到了家里。在父亲的招呼中，老师上炕，盘腿坐在炕上的盘子前，年长的老师坐在最里面，年轻的老师和父亲对坐在两边。母亲揭开锅，热气冒出来，热腾腾的馍和面辣子也就端到了老师的面前。

窑洞光线不好，所以高处有扇窗子，低处也有扇窗子。高窗光线很远，就像汽车的远光灯，照到了屋后。春天里，燕子会从高窗飞进来，叽叽喳喳在屋子里找个角落不断从外面衔泥来垒窝。低窗就像近光灯，窗子全部打开时，整个屋子都会亮堂堂的。以前的低窗离地非常非常高，也非常非常小，大约也就是两尺宽、两尺半高，窗子中间竖着有个榍子，两个窗扇一闭，屋里就黑了大半截。据说以前狼非常多，如果低窗太大太低，娃就会钻出去，或者狼就会钻到屋里把娃吃了。也有胆子大的狼，前腿搭在低窗台外面，跟屋子里的人对视。

狼不见了，大家都纷纷把低窗做得很大，高和宽都有三尺了。窗台比炕只高两砖，太阳经常会从宽阔的低窗照到炕上。有钱的人，会买半截玻璃，给低窗的下半部分装上，一眼看到院子大门口，上面露一半透光透气。没钱的人，买一块塑料纸钉上，虽然没有玻璃透光，但是隐隐约约还是能看到人进来的。

老师来吃饭的时候，兄弟姐妹都会有意无意地回避，不会在屋子里走来走去，母亲也不吃，在屋里招呼老师吃好，并不时问老师要醋还是要酱油。如果吃面，还要在老师吃完后及时续上。

我坐在灶火里风箱旁的小板凳上，也不吃饭，悄悄地听老师和父母亲在说话。偶尔还能听一两声老师的夸奖，内心很是自豪。

老师们吃完走了以后，我们兄弟姐妹好像从地里冒出来一样，有说有笑，一拥而上，围在盆子前，开始大吃大喝。给老师做的饭，要经过好几天的准备，起码是几个月里档次最高的一顿饭，有白馍、白面和好菜，碰巧有机会，还会买点肉。有油的菜，吃完一定用馍把碟子擦两遍。

家里人吃完饭后，我把两个灌满开水的电壶拎到学校给老师。

当年，"人民教育人民办"，民办教师的工资低，来源都是收村里农民附加税，没准头。学费也不交，或者象征性收一两块钱。学校穷。有一次，老师写了一张条子，让我和一个同学去外村的学校借了两盒粉笔。同学将从家里祖传的已经破烂不堪的旧毡上剪下来的一片破毡片，卷成了一卷，当黑板刷用。

一开学，老师就会按照学生的多少，安排谁家什么时候管几天饭，真正是吃百家饭。

虽然大家生活都清苦，但是能给老师管饭仍然是我们莫大的荣耀。

即使是很令人讨厌的老师，家长们给他的饭菜依然是最好的。

　　后来，民办教师工资有着落了，也开始收学费，涨学费了，老师们有灶了，学生不再给老师管饭了。

　　大约十年前，同行曝光了一个村子的老师们仍然给学生派饭，不愿意透露姓名的家长抱怨说家里活太多，根本没时间给老师做饭，况且老师挣工资，吃饭应该自理，不应该给学生家里带来麻烦。这件事情让我五味杂陈，是啊，生活越来越好，情分越来越淡。

　　人穷的时候都大方一些，人越富有的时候就越皮薄了。穷的时候会想，将来一定会拥有，富有的时候只担心失去，将来什么都没有了。

田间地头

春天刚刚露头，苜蓿就露头了。苜蓿是喂牲口的，但是一露头先招惹来不少人，不，是不少贼。嫩苜蓿好吃，但生产队的苜蓿是集体的，每个人家里倒是有点自留地，但是在广种薄收的年代，没有人愿意用自留地种苜蓿，一年三季，贼就盯着苜蓿。

地里就有看苜蓿的人，有工分，活很轻松，在一眼望不到头的苜蓿地里巡视，有时躲在背阴的地畔下面，有人靠近苜蓿地他就出来故意搞点响动，敲敲锨，敲敲锄，敲敲镰，免得贼已经蹲下开始擞苜蓿了被撞在当面——都尴尬。

猴子也有丢盹®的时候，苜蓿还是会被偷的。救济粮没有，返销粮不多，开春一天比一天的白天长了，人熬不下去，偷点苜蓿打发一下日子并不是什么大罪过。不管是苜蓿麦饭还是苜蓿菜馍，味道要比玉米馍和黑豆馍好。

露头的苜蓿苗十分嫩绿，长得很快，一天一个样，用手一擞就是一大把，看苜蓿的人如果不在，可以迅速擞上半笼，出了苜蓿地，在其他的荒地里拾点青草苫住。村头常常有人押着脖子想看你的笼里有没有偷来的东西。锄地回来的妇女，袄襟向起一撩，擞几把苜蓿就够煮面了。夏天，被割过一茬的苜蓿又发新芽，男人的背心筒®在裤腰里，向怀里揣几把嫩苜蓿，回去也能下个锅。

偷苜蓿的不光是人，还有禾鼠。禾鼠什么庄稼都偷，什么庄稼成熟偷什么庄稼。天一暖和，苜蓿地里就有一堆一堆的新土，土的中间有个洞，就是禾鼠窝。禾鼠吃几口东西就会站起来，两只爪子举在空中，环视四周，耐力好的禾鼠，会两只前爪拿着庄稼边咀嚼边警惕地望着远处。也有专门站着望风的禾鼠，和另一只偷庄稼的禾鼠配合默契，许是恩爱的两口子，稍有风吹草动，望风的一个手势，两只禾鼠瞬间就钻进窝里。

禾鼠比老鼠的头圆，看上去要好看很多，还温顺。可以捉回去绑了一只后爪子跟它玩，眼睛乌溜溜的，露出惊恐的眼神，很是可怜。把它逗得太烦了它会咬人。

要抓禾鼠并不容易，眼看它钻进洞中，用镢头挖，挖一挖就不知道洞的去向了。有时候，发现我在洞门口，它就在洞门口飞快地向外刨土，扬得我满脸都是土，什么也看不清了，我睁开眼，洞口被它堵严实了。有人说，挖到禾鼠的窝尽头，能发现很多粮食，有人挖出来过一斗多谷子。我是不大信，有时候，一担子水就能把洞里的禾鼠浇出来。苜蓿才青，担一担子水灌进禾鼠洞，它就湿漉漉狼狈地钻了出来，我在洞门口掐住它的头提出来，回家让人绑了禾鼠的后爪子。还有灌了两担子水也不见禾鼠出来的情况，或许洞很深，或许禾鼠没在窝里，或许我去担第二担子水的时候它出来溜走了。当然，少有人像我一样担水去地里浇禾鼠的，所以，禾鼠还是很安生，只是它很怕猫头鹰，但是，那么多的猫头鹰，深夜落在村头的树枝上发出凄凉的叫声，禾鼠却年年都在打新洞。

比禾鼠多得多的是老鼠。蛇有时候会钻进老鼠洞，偶尔也会若无其事地在屋子的地上爬来爬去令人颇为惊恐。找把锨让它爬上锨，蛇卧到冰凉冰凉的锨头上，让人把它端走，送得远远的，倒进村外的深沟里。都说蛇是神，到家来了要安然送走，不能伤害它。

老鼠泛滥了得要猫来镇。猫并不能使老鼠绝迹，想想自古到今，猫在，老鼠也在。只是有了猫，老鼠会有所顾忌，不会太明目张胆。

很少见到猫把老鼠叼在嘴里的场景，见到肯定也会惊讶一下：猫逮住

大家都活着，世界原本也就是这样。

老鼠了！经常见到猫要么蜷曲起来在阳光下睡得不省人事，要么钻在被窝里咕噜咕噜像在念经。猫精神的时候，冒冒失失一跳，把案板上的陶瓷碗打碎几个，但猫是不能打的。

猫与狗不一样，把家里的狗训一训，打一打，只要不是扔得太远，狗都会回家。猫逮不逮老鼠，都要喂它，更不能打，打了会记仇，然后会离家出走，就算在邻家遇见它，它也装不认识你。在村道，半夜三更经常能看到夜色里漫无目的乱跑的流浪猫，就是这么有个性。

猫在舒坦地睡懒觉。不远处还有忙忙碌碌的动物，无论太阳多大、多烈，总是有蚂蚁在活动，或者在打洞，叼出来针尖大的土围了一圈，或者单独叼一个瓜子皮在左摇右晃，或者成群结队抬着一具昆虫的干尸，浩浩荡荡向前走。

看上去很辛苦。

大家都活着，世界原本也就是这样。

老鼠

老鼠这东西，逛怕人的，很少有不怕人的老鼠，"胆小如鼠"说的就是这个意思吧。

但凡事也有个例外，唐朝诗人曹邺写过一首《官仓鼠》："官仓老鼠大如斗，见人开仓亦不走。健儿无粮百姓饥，谁遣朝朝入君口。"这样有背景的老鼠是不怕普通人的，当然，这是为了讽刺贪官污吏。

我想，现实中，是没有人会给老鼠说好话的。遇到老鼠，不管它动没动过谁的东西，人们都会有所行动；灭不灭，话里话外也会有表示，要不然就没有"老鼠过街——人人喊打"的歇后语了。我属鼠，这个十二属相里唯一不怎么洋活①的动物，很可怜。

"土门土窗，里面住个老张，穿个皮袄，尻子塞个皮条，眼窝像花椒，嘴像葡萄。"家乡的这个谜语说的就是老鼠，描述起来蛮可爱的。还有童谣："小老鼠，上灯台，偷油吃，下不来……"也有趣，大部分小孩子应该都耳熟能详。还有说某个夜晚可以看到老鼠嫁女，我一直想看，多次在夜里守着，却没有看到过。

但是，老鼠的生存环境是非常恶劣的，大部分只能在晚上活动，老鼠药、老鼠夹子、粘老鼠板、猫，还有一些没事做的狗，加上人，要活下来绝非容易的事情。以前那个在陕西省大荔县弄老鼠药的邱满囤（1934—2018，曾被称为民间灭鼠专家），要毒公的毒公的，要毒母的毒母的，那是相当的潇洒，可怜的是，老鼠们留下了"孤儿寡母"，不知道该怎么生活了。人是动物里最聪明的，如果人活在世界上，处处是毒药、陷阱、天敌甚至不相干的家伙，老鼠也处处给人布置这样那样明算暗算的围剿，恐怕人要比老鼠少了。

当然，我不是做实验的，老鼠没有给我做过什么贡献，还多次惹得我不高兴。

农村的老鼠是很多的，大白天趁人不在就偷偷钻到馍盆里或者案上偷吃东西。小时候，我们逢集的会上那些卖老鼠药的就很热情，勾引人买老鼠药："老鼠药，老鼠药，老鼠吃了跑不脱，上你案，吃你面，走时给你屙一案，你妹子回来不擀面……"

很多年以前我瞌睡重，容不得打扰，半夜三更刚入梦，老鼠就窸窸窣窣出动了，不知道在搞啥名堂，一会儿咪啦啦，像是拉到啥好吃的；一会儿丁零当啷，像是没有抓稳掉到了瓮盖上；一会儿又急匆匆从地上跑过，像是遇到了什么危险。老鼠实在不安宁的时候，我大喊一声，它们大约就屏息凝神了，能安定半晌。忍无可忍时，我摸黑把地上的布鞋看也不看地撇过去，只听到老鼠慌张逃散的声音。

我上初中的时候，把放馍的箱子搁在宿舍的床下，里面有几个白馍和几个黑馍，我计划先把黑馍吃完再吃白馍，谁知道我把黑馍吃完的时候，发现老鼠咬开了我的木箱子，个个白馍都被吃了半边。令我非常恼怒，但是一直没有抓住附近的老鼠。

我曾经用两扇门板支了张床，在外面挂上蚊帐。夜半有老鼠在帐上打闹多时，我大声斥责一番，它们有所收敛，稍停又打闹起来。我摸黑顺手向上一捏，听见吱啦一声，再不见动静了。次日早一看，一只小老鼠死在我床边，太贪玩了吧！这就是"不作就不会死"。

路遥有一本回忆《平凡的世界》写作过程的书，叫作《早晨从中午开始》，那里面就有一段说的是，在他独自一人孤寂的时候，一只老鼠来偷东西吃，后来他就按时把吃的东西给老鼠放到那里，让老鼠吃——读起来还是很感人的。

以前，我经常在半夜三更爬起来写一些不成样子的文章，主要是增加本子的厚度，慢慢地，除了工作的文字外，懒得再在半夜起来写什么花花草草、恩恩爱爱了。我属鼠，也就起了个笔名叫"子夜"。后来，觉得和文学家茅盾的《子夜》同字，有瓜田李下之嫌，自己就悄悄地放弃了那个笔名。

也不知道老鼠活着是为了什么，有没有崇高的理想。抛开"人生观"这个大概念，就环境来说，如果每个人都有老鼠那样顽强地生活下去的"鼠生观"，也是值得赞扬的。

牵挂

早上，娃去念书，说一声："妈，我走了！"

黄昏，娃放学回来，进大门叫一声："妈！我回来了！"

天黑了，不管娃、鸡娃、猪娃、牛娃，如果没有全部回来，那么，整个夜晚家里的人都是难眠的，深更半夜躺在炕上了也是唉声叹气的，有不祥之感。

村里人把小鸡、小猪、小牛叫鸡娃、猪娃、牛娃，都是家里的一员，都会当"娃"一样对待。这些"娃"有时候很任性，悄悄躲在柴门后面的墙角，一声不吭，甚至大气都不出，让家里人满村寻找，制造紧张气氛，似乎在故意考验家里人重视不重视它。

狗不太让人操心，晚上基本是按时回来的，如果人出去找鸡娃、猪娃和牛娃，有眼色的狗会跟在后面，给人壮个胆，一起去，直到把家里的成员都找回来。

真的有不辞而别或者离家出走的狗，也根本不用找。也许是狗的心情不太好，出去逛了，过几天自然会回来。心情不好是狗自己心情不好，如果因为被主人打了或者骂了而赌气出走，走前甚至还跟主人龇牙咧嘴对着干，那么这狗命就不长了。挨挨打，挨挨骂，在主人的视线范围内，躲开一会儿后，偷偷瞄几眼主人，装作胆怯的样子顺着墙根回到自己的狗窝，很快忘记不愉快，有动静适时就汪汪几声，这就是好狗。当然，要是狗犯错误把案上的馍吃了；闲得生事把鸡撵得满院狂飞了；舔小娃拉完便便的屁股用力过猛，小娃哭了；或者是主人在外面吵架没有占上风，不明真相还在身边摇尾乞怜的狗，都会遭到主人适当的打骂。

家畜家禽里，鸡是最胆小的，尤其是母鸡。空中一个爆竹都能把一群鸡吓死，甚至嗓门大的人一声大喊，鸡也会瘫软在地上露出无助绝望的神情。

最好的鸡笼是用木棍做成的离地两尺的木笼，上面用草和泥盖好，像一个小房子，中间横着两根棍，鸡晚上就挨个儿卧在木棍上。这样的笼子通风、舒适，黄鼠狼一般进不去，鸡比较安全。一大早打开鸡笼门，鸡就悠闲地逐个跳下木棍，舒展一下翅膀，踱着步子开始一天的觅食。农村的鸡一般是不喂的，除非主人突然觉得鸡找不到吃的了，就揭开瓮盖给鸡撒两把糜子，平时都是鸡儿们自己解决温饱。

所以，村头经常能够看到不知道谁家的鸡在杂草丛中或者墙边刨来刨去找虫子。

母鸡会按时回家下蛋。也有把鸡蛋下在外面荒草中的，每天在外面吃完就直接把蛋下了。深谙其道的人会远远跟踪，盯梢半晌之后，会发现鸡卧到一个地方，过一会儿，等鸡起身离开后，那人会欣喜地在荒草地里收获十几枚鸡蛋。

公鸡则骄傲地带领着几只比较温顺的母鸡转悠，休闲觅食两不误。倘若有其他人家的公鸡向身后的母鸡抛出媚眼，这只公鸡会毫不迟疑上去斗个血头烂面。

成年鸡会在黄昏前准时回到鸡笼。主人一看，都回来了，然后关上鸡笼门；发现少一只，那么就赶紧发动全家："鸡不见了！"先到村头鸡爱去的地方找一找，再到邻家去问一问鸡跑过来了没有。鸡如果跑到邻家吃了人家的东西，随时可能会被诱捕，圈进自家的鸡笼，还有可能被装进蛇皮袋第二天卖了，也有可能晚上直接给杀了。如果问的时机刚好，鸡也会在邻家的鸡笼很配合地叫几声，邻家会赶紧掐住鸡脖子把鸡揪出来，说：

"一不留神，你屋的鸡咋钻进来了！"主人也许会心照不宣，有惊无险地提着鸡翅膀把鸡提回家，塞进鸡笼。私下谝闲传⑫会给相好的说谁家爱圈别人的鸡，提醒大家注意。以后有人丢了鸡，也会有意无意地到这家问问，村南头跑到村北头问的有，村东头跑到村西头问的也有。被问的人如果觉察被当成了嫌疑人，会感觉受到了侮辱，或许会恼羞成怒，对骂、对打起来。

也就是说，成年鸡如果晚上回不来，那就凶多吉少。也有第二天被发现的，一堆熟悉的带血的鸡毛被倒在村头的垃圾堆。还有，或许已经在村子不远的地头里吃了用农药拌过的玉米粒，一头扎地，一命呜呼，被害了。

一群麻雀大的鸡娃没回来的话好找，全军覆没的情况很少，也许是母鸡带着去觅食，一些鸡娃贪玩死活不回，母鸡为了顾全大局耐心等候这些鸡娃一起回去；要么真是迷路了，找不到了。一只鸡娃掉到坑里爬不上来的情况也很多，稍微认真听一下就能发现它在哪儿。

鸡娃们都回来了，一只一只被拾到笼里挂到高处，放在低处的话，老鼠半夜三更会强行叼走鸡娃的。这下全家才可以睡觉了。

大部分猪都很懒，吃了睡，睡了吃。有些猪从进了猪圈，到被杀猪的拉走，一直都在圈里，哪里也不去，被拉出圈的时候，它也会拖着后腿死活不出来，它是知道的，出了圈就没命了。

也有不懂事的猪，抓回来放到圈里一点都不安宁，能翻过圈墙跑到院子外；或者不断在圈墙上拱，一直把墙拱倒，主人再怎么补都补不住，还是经常自己偷偷跑出去。主人很不喜欢这样的猪，找回来后会狠狠地往猪身上擂两闷棍，过一段时间就赶紧卖了，多少钱都行，就是不想受猪这气了。

最淘气的是牛娃，初生牛犊，满村跑，你跑得快，它就跑得快，你跑

天黑了，谁不
回家都是牵挂。

牵挂 061

得慢，它就跑得慢，我都恨不得长一双翅膀飞到它跟前，一下子把它扑倒在地上！

很多晚上，村里都有找各种"娃"的。

唉，天黑了，谁不回家都是牵挂。

上锁的门

有没有锁子和锁子的优劣会透露出主人日子过得是滋润还是艰辛。家境殷实的人家才会给门上挂一把锁。

我小的时候，走遍全村，只有几户人家门上挂了锁，一把熟铁打的锁，衣服穿得齐整的小脚老太太从怀里掏出一把也是熟铁打的钥匙，在锁子里剜两下，一拉，锁子就开了。

大部分人家没有院门，也没有院墙，直接就能走到屋门跟前，一般门上都会有两个铁闩子：高闩子和低闩子，大人出去会扣上面的高闩子，如果要给放学的孩子留门，就只扣下面的低闩子。不管上面的高闩子扣着还是下面的低闩子扣着，外人看到就止步了，知道家里没人。不甘心的会闭上一只眼睛从小指粗的门缝向里面看几眼。门缝宽，风能进，雨能进，外人是不能也不会取开闩子随便进去的，除非在村头碰到了去地里干活的主人，征得主人的同意，自己才可以大大方方取开闩子，拿了要借的东西，出来把门给人家闩好离开。私自取开人家的闩子进了人家门被发现，无论人家少没少东西，都是要受到村子和方圆几十里人唾骂的行为，影响儿子娶媳妇。怕风把闩子吹开，主人会折一根树枝插在闩子上。这根树枝每次用完就放在门附近的窗台上，直到用得插不住了，从闩子上掉下去，才会再换一根新的树枝继续插在闩子上。

低闩子扣着的时候，村里一些可憎的狗会爬上门，掀开门闩，进屋子里找吃的。在人都吃不饱的年代，狗会豁出命去别人家里找吃的。自己家的狗是不敢的，大门揭开馍盆放到眼前，狗再饿也不敢下嘴，除非主人是明确给的。溜进门吃东西的狗是提心吊胆的，被主人发现会假装发出绝望的惨叫夺路而逃。

白天家里有人，屋门是大开的，来人会径直走进屋里，也许是借东西，也许是啥事儿也没有，就是来靠着炕沿东家长西家短地拉会儿家常，也许是与主人之间的啥事情不顺藤，找上门理论。屋里有人的时候虚掩着门，甚至从里面关着门是邻人所不齿的，认为主人肯定没干好事。

门里面会有闩子，晚上闩子要关好，也不知道是胆大的狗还是狼会用爪子不停地抓门，甚至狠劲地撞，把顶在闩子上的木棍也顶得一晃一晃的，在父亲的大声呵斥下，它才会离开。我们兄弟姊妹吓得用被子蒙了头，大气不敢出，脚也不敢乱蹬，半晌之后偷偷露出头，从门缝底下看外面，外面什么也没有了。

要是对谁家有兴趣或者有恩怨，天黑不久，估摸这家人已经躺下了，就去他家的窗子外面偷听。去得太早了人家没躺下，有可能出来解手；去得晚了人家已经把事情讨论完了，或者把好事已经办完了，完全没有收获。村里人少有心眼，大事小情都在夜半的炕上商量讨论，炕这头到炕那头，睡了不少娃娃，悄悄话是听不见的，外面的人稍微凑近窗子就能逮到几句重要的话，第二天早饭整个村子人都知道夜晚谁家说什么了。倘若有擦洋火声，或者下炕时把枕的砖撞到了地上的声音，偷听的要赶紧轻脚轻手跑了。跑不了的就赶紧迎到门口："我来串个门子，你就睡得这么早的……"主人也就赶紧迎合："没事，睡得早……"偷听的也就顺势走了："那好，那我闲了再来……"如是有仇怨的，那就拼命跑，能跑多快跑多快，主人发现会把铁镰撒过来。

那些新婚夫妇的窗前夜半三更经常会有几个没结婚的青年在窗前分享屋子里的快乐，窑洞在震动，院子在震动，整个村子都在震动。第二天还有不过瘾的青年问新婚的小伙："夜黑来了几合^①？"小伙子一脸得意：

“饸饹床子支起来还怕吃八碗？”

很多人家没有院墙，是不需要院墙，也是没时间打院墙。

春种秋收，农家人是很少有闲工夫的，能箍两孔窑洞是一个农民一辈子值得炫耀的大事之一。打一圈院墙也是浩大的工程，需要冬闲时节请不少人帮忙才能打起来的。

院墙会打一个门洞，条件差不讲究的，门洞敞开，来访的人会先在大门外面吆喝几声，有人搭腔便会走进去，没人搭腔就不能跨进门了。有点讲究的，会找胳膊粗的椽子，两头用斧头一剁，三根横的两根竖的，套在一起，竖着一排排别上指头粗的枣刺或者树枝，一个门就成了，大门里面的两侧立两根碗口粗的木桩，把门一边固定在一侧的桩上，揳上铁闩子，大门就成了。有了门不一定有锁，出门的时候，像屋门一样把闩子闩住，来人一推，发现门闩着，也就自觉离开。更加讲究一点的，会找个木匠，用两天时间钉一个木框门。根据木料的多少，门框里竖着的格子会数量不一，但是横着格子不会很多。日子过得好的会请木匠、铁匠和泥水匠来合计合计，打造一扇厚重的木门，在周围村落看哪家的日子顺当，门楼又好，就请匠人去看一看，参考弄这么一个门楼。

有了门的人家，慢慢就有了锁子。锁子一般只有一把钥匙，不管锁子带几把钥匙，只启用一把，谁也没有权利去用第二把，除非第一把真的找不到了或者开断了才会开启第二把。

家里有人在近处，去地里了，去亲戚家了，当天就回来的，钥匙就在锁子的近处。

不管你去割草还是我去挖药，不管她去地里锄地还是他到沟里放牛，谁回来早就去那里拿了钥匙开门。钥匙是拿一段指头宽、一拃长的布系着，或者上面还吊一个圆圆的铁垫片，就挂在门里面离锁子不远的地方，在外面谁也看不见，家里人伸手就能摸到。锁子打开，钥匙就挂在原来的地方，往来的外人出门的时候会看到钥匙挂在锁子旁，但是，很少有人在别人家里没人的时候去摸人家的钥匙开人家的门。

门楼阔气手不能伸进门里的，门上挂着锁，钥匙就在附近——在门墙根那块砖头下面，那块砖头就像匠人施工完不经意间扔下的；在地漏窟窿的一块破瓦下面，那块瓦片就像被一场大雨从院子的角落冲到地漏窟窿冲不动了的；在门前树底半截陶瓷碗把底下，碗把就是几年前娃把碗掉到地上打碎，她妈把娃打了一顿把碗把扔在树底的，碗瓷被人拾走加了窑背……

一家人分头去远处，三五天回不来的，钥匙一定放在家里关系非常好的邻居或者伯、叔、兄、弟家，女儿回娘家见不到人，一准能问到钥匙在谁家，拿钥匙的一准会传达她妈给娃留的话。女儿给妈和大放下拿来的吃食，顺便整理一下娘家的东西，打扫屋子和院落，待上半天，还不见老人回家，再把门锁好钥匙又交给邻家，托拿钥匙的人给老人捎几句话，就走了。

钥匙没有在约定的地方放，倔强的人会坐在门口等，等最后一个锁门的人回家，等到黄昏，等到天黑，还不见人来就去关系好的邻家说："我妈把钥匙拿去了……"邻家会弄些吃的。晚上还不回来，就睡到邻家，等钥匙。天亮了从邻家借个工具，或者锨，或者镢，或者锄，或者镰，去清理地畔上的杂草，去挖那遮庄稼的树，去锄庄稼地的草，去砍一捆柴。

所有的人都回来了，钥匙还是找不到，就得商量翻墙进去找留下的其他钥匙，确定所有的钥匙都找不到了，全家人就要商量砸锁子的问题。翻墙是会被村里人笑话的，即使是翻自家的墙。砸锁子是更加严重的行为，尤其是家里有矛盾的时候，如果其中一个人砸了锁子，这家估计离分家甚至反目成仇不远了。

门上锁着锁子，哪怕锁子已经锈迹斑斑，钥匙都可能在附近的门墩旁，在碌碡边，在碾盘底，在荒草中，在邻居家，主人可能随时回来，去烧炕，去做饭，炊烟从烟囱升起，弥漫在村子……

门上锁着锁子，哪怕锁子已经锈迹斑斑，钥匙都可能在附近的门墩旁，在碾盘底，在荒草中，在邻居家，主人可能随时回来，去烧炕，去做饭，炊烟从烟囱升起，弥漫在村子……

村有往来生意人

当初，我觉得因为忧国忧民而读书的理想有点太远大了，除了读点书外，还有许多活等着我干：我要牵着牛拉着粪去地里，我要给猪拾草，我要去锄地，我还要逮蝎子卖钱。除了读点书和干很多活，我觉得还应当学一点本事。

我需要学一点本事，但是我不能出远门去学，我说了，我还有许多活要干，尽管我们兄弟姐妹七个，但是我觉得家里还是离不了我。

那些年，我们家里总是缺吃的，我生下来时间不长，我大就准备把我送给悦耳村一家人。这户人家没有男娃，家里有粮食，平时也能吃上肉。为此，我大专门去了一趟那家，那家人专门给我大做了一席饭，专门谈论我的交接问题。我大回家后，跟我妈左看右看，觉得我面善，能做我哥的帮手，我大就反悔了，不给了，席就白吃了。

每次兄弟姐妹发生口角甚至动手时，他们都说我是悦耳村的，这样严重的排外言辞让我一直耿耿于怀。所以，我不想出远门，我走了跟把我给人不是一样了吗？我就待在家里，在村子周围活动，维护我应有的权利。

所以，我就在村里等，看有谁能让我学点谋生的手艺或者手段。带着本事出门，我就有了实力，有举足轻重的发言权，我想回来就回来，想出去就出去，地位就会很稳定。

那些有手艺的和做生意的人总会在我和村里人念叨的时候到来。

刚一开春，我家正需要一副新犁铧的时候，村东头就有人说，倒铧的来了，已经开始在戏台子前面收铁了。我急忙把旧犁片和旧铧取下来朝戏台子前面走。

　　已经有不少人提着旧犁旧铧或者烂了的生铁锅围在称铁的人旁边等着过秤，紧旁边有一辆手扶拖拉机，拖拉机斗里装满了各种各样的工具，还有几麻袋焦炭，麻袋口并没有封严，我一眼就看得清清楚楚是焦炭。收铁的环节不大需要再看了，称生铁又不是买卖猪肉，秤称得对不对也没多大脾气。

　　我只看那人把又提的旧生铁分量记下后就离开了，但是过一会儿我还会来的，我就想仔细看看我能不能掌握这门手艺，以后可以走南闯北去挣钱，还能到处看世事。

　　我再去的时候手扶拖拉机头带起来一个很大的鼓风机，吹得炉火通红，架在炉子上的坩埚里的铁水像一锅熬稠了的米汤慢慢腾腾地蠕动着，一个人用铁钩子把锅拉倾斜，几个人迅速上去用长把小坩埚把铁水盛着，一路小跑往摆好的一排排模具里灌。不到一个小时，全村几十个犁铧全部倒完了，等着揭开模具拿出新的犁铧了。和我一样迫不及待的人也都围在附近看，那些端着长把坩埚的人总会一边小跑一边不耐烦地喊："让开让开，把你烧着了……"

　　还需要过两个小时的样子才可以打开模具，开模后找一段铁丝提到手里，拿手边的铁东西敲一敲，音色浑厚，说明这犁铧质量没问题；听起来声音震颤，一定是倒的时候进空气了，成了次品。新犁和铧的分量减掉交来旧生铁的分量，生铁钱多退少补，加工费也需要八九毛钱了。这活不错，但是我一直没有遇到可以让我合作的队伍。

　　树荫下，小炉匠做活是我最喜欢看的，他那里有很多抽屉，磨得已经没有棱角的大木箱子里有用不完的宝贝，还有那些放在箱子盖上的精致的小工具，也让人爱不释手。他三两下就把一个钥匙坯子锉成一个开锁自如的钥匙。他拿一根金属丝与一个漏水的铜水烟袋在火上烧一烧，一会儿用锉轻轻锉锉，平整光亮，胡子过了衣领的村里老人拿在手里满意地看来看去。我会悄悄看，他把铝丝剪一点贴在破了一个小洞的洋瓷脸盆上，再在铁砧上用小铁锤轻轻砸，一会儿就把脸盆补住了，我回家照样砸，也把我家破了的脸盆补好了。手巧是天生的，跟小炉匠我只能学这么多。就像我也干不了泥水匠一样，三尺高五六尺长的鸡窝我用泥刀弄了两天三遍还是歪歪扭扭的，随时会倒下。人贵有自知之明，我觉得这些细活我是搞不来的。

村里经常来补鞋的，我看了，补鞋的手很粗糙，长年累月已经把大拇指压成平的了，但是不管是我鞋底有个洞还是鞋头里有两个窟窿，他都能补得十分漂亮，看起来很结实。全村需要补的鞋都提来了，摆了一地，从大中午到晚上，补鞋的一直在忙碌，补鞋机子摇一下咯噔转一下，然后补鞋的师傅用锋利的剪刀剪线头，剪皮子，看一看后扔到一边。师傅会带走补不完的鞋，回他家去补，补好了下次再带来。鞋臭不是问题，我总觉得补鞋来钱太慢，一只鞋一两毛钱，没意思。

我觉得爆米花倒是一门好生意，尤其是漆黑的晚上，旁边围了一圈不肯散去的娃娃，等着爆米花的时候出现失误，把米花爆到铁笼子外撒到地上一大片，这时候就能毫无顾忌地拾几把吃。其中一个娃会在其他娃羡慕的目光里兴奋地拉着风箱，每锅爆出来就会给烧火娃一把。火苗裹着转动的爆米花机，火光也一闪一闪的映在围观的娃娃脸上。爆米花的师傅虽然满面尘灰，但是想到爆一锅挣一毛五和这么旺的人气，脸上挂着十分满意的微笑，一边摇爆米花机一边用炭锨戳一戳炉子，火星子一下冲上了天。我看爆米花的都是四五十岁的人，太年轻的人爆米花恐怕是找不到老婆的，所以我觉得我学爆米花有点偏早。

村里来的最多的是卖吃食的人，隔三差五，换豆腐的前脚走，换油的后脚就来，还有从远方来贩粗盐的。卖甑糕的也会来，用一个小棉被盖

070

着，揭开来里面一层大枣一层米，热腾腾的。炸油糕的也会来，在村子一头支锅灶，香气飘进了家家户户，有钱的拿钱买几个，没钱的拿粮换几个。不管吃得到吃不到，总是围一圈人。包产到户自由多了，有的是时间，锄地早半天晚半天并不是多大个事儿。大伙儿围着指指点点，品评这家油糕比上次的差，差在捞得早了，或者捞得晚了，或者糖太少了，或者太扁了。卖西瓜的也一样，一圈人围着西瓜敲敲弹弹，这个熟透了，那个八成熟，都是行家，提十斤八斤小麦换一个回去。

货郎担子偶尔来，却是很少了，卖百货的多数已经骑上自行车了，车子前后密密麻麻地拦满了各种各样的东西，洋碱、洋火、搪瓷碗、灭害灵、顶针、锥子、绣花线、羊肚子手巾……妇女需要的东西货郎会变戏法地从某个地方摸出来一堆让挑挑拣拣。

卖东西是很好，但我不知道这些人是从哪儿进的货。我试探性地问过几次，他们都遮遮掩掩地搪塞过去，问得我很无趣。他们的担心是多余的，我是没有本钱的，我家年初逮的猪娃也是欠账的，还在合作社欠了几块钱的煤油钱和盐钱。

当当当当……一阵锣声，耍猴的来了，还带着会下腰的女娃或者刀刀枪枪的武术和杂技，没事的人就会赶紧向大队门口走。猴子胆怯地在艺人的指示下骑车子、上杆、翻筋斗，稍有走神，艺人的鞭子就在猴子的头顶上方甩得干响，猴子赶紧回神继续表演。演出一完，演艺的人就三两成群，拿着袋子挨家挨户收麦子，一家三碗，两个喉咙把尖枪都能顶弯的高手或者把铡刀放在肚子上用铁锤敲都没事的好汉就紧跟在收麦子的后面，督促抓紧舀粮食。这样的事情貌似很危险，一般人不敢学，我觉得我就很一般。

一把黑胡子、穿着长袍算卦的，拿着装了半筒的卦签，从村北头摇到村南头，家里有事的妇女都要掏点钱让摇出来一支，或惊或喜虔诚地听卦师讲解一番，卦签上晦涩的字并不好记。

　　也许是怕我学到他们的本事，慢慢地，这些做生意的人来村上的次数一年比一年少了。我离开村子前，去集市上见到了他们，能摆的东西他们都摆在街道两边，等着我和其他人光顾。在繁杂的集市上，我已经学不到什么本事了。

爆米花的师傅一边摇爆米花机一边用炭锹戳一戳炉子，火星子一下冲上了天。

远去的师父

黄昏，收工了，主人赶紧把甩子递到师父的手中，师父把衣服后面、膝盖上、裤腿上的尘土甩干净，两只手再拍一拍，然后在盛满水的脸盆里洗几把脸，主人递上干净的羊肚子手巾，师父擦几把，走向屋里已经摆好盘子的炕上。

徒弟在后面，接过师父用完的甩子，离开脸盆很远，轻脚轻手地甩甩身上的尘土，轻轻拍掉手上的尘土，在师父洗过脸的水里像师父一样洗脸。

然后也走进了屋子，坐在了炕沿，等待师父动筷子。

师父与德高望重的男主人坐在炕最里面的盘子旁边说："抄！"然后晚餐才开始。

只有家里光景很好的人，或者有重大工程的人家才会有晚餐，普通人家是没有晚餐的。

白天劳作太忙，吃饭少了一些繁文缛节，晚餐基本是一天的总结，所以晚餐时间宽裕，整个过程要隆重很多，是师父充分展示权威的时间段。

家里的主人太年轻或者在村里还不是很老到，那么就很自觉地坐在盘子的一边，师父就端端地坐在盘子的中央位置，环视炕周围和屋子里。女人是不能上炕和师父坐在一起吃饭的，哪怕还有其他女人来帮忙做饭也不可以，即使家里没有男人，女人也不能坐在炕上甚至炕沿上吃饭，那是规矩。

女人只有在灶火边忙前忙后，时刻给师父、徒弟和帮工拾馍添菜。

师父可以慢悠悠地吃，可以和主人有节奏地东拉西扯，徒弟不行。徒弟吃饭要稳而快，要比师父晚动筷子，少动筷子，夹菜少，少夹菜，吃完还要早，吃饭中不能插话，不能吃出声。吃完离开桌子，要在不远不近的地方等师父吃完，不能近得听清楚师父在闲谈什么，不能远得让师父看不见叫不应。师父快下炕了要看师父的鞋在不在炕棱底；看师父在哪里下炕，鞋要赶紧摆过去；还有师父的羊羔皮大衣是否在顺手的地方，要及时拿起来给师父披上。徒弟吃饭也一定要在位置上，不能躲在其他地方偷偷吃，丢师父的脸。这是规矩。

有一个笑话说，一个徒弟吃饭很不雅观，师父教育他，以后看师父怎么吃，他就怎么吃，吃第二顿饭的时候，徒弟紧紧盯着师父，师父吃一口，他就吃一口，师父被这憨劲逗笑了，吃的粉条从鼻孔喷出来，徒弟惊慌失措地说："师父，我学不来啊。"

七十二行，行行有师父。

能吃上晚餐的师父多数是泥水匠、木匠等。有些师父是吃不上别人家的晚餐的，比如铁匠。铁匠都在自己的铁匠铺打铁，很少有去别人家支炉子打铁的，那些笨重炉子、铁砧、铁锤等都不是一般人家具备的。但是，能吃晚餐的师父的势和吃不上晚餐的师父的势是一样大的。

在师父家学艺，要按时把粮食背到师父家。除了学艺，师父家的活就是你家的活，春种秋收，师父干的活你一定要干，师父不干的活你也要干。这是规矩。

一位远近闻名的师父要收谁当徒弟，那是百里挑一甚至千里挑一的，学会师父的手艺，后半辈子娶妻生子过日子都是很滋润的了。

严师出高徒。师父的脾气一般都不太好，木匠会用徒弟刨得走样的桌子腿打徒弟，泥水匠会冷不丁用瓦刀拍把墙砌歪的徒弟的胳膊。铁匠的徒弟如果抢大锤不着节奏，没有敲到火红的铁坯上，而是敲到师父的小锤上，或者师父夹铁坯的火钳上，那么，师父会把锤往地上一扔，扑过来就打："你个痴俅®！学成学不成？"徒弟缩一缩，躲一躲，等师父消了气继续回来打铁。师父一怒转身出去，你就乖乖地向炉膛里填煤，继续烧火，如果火灭了，你也就彻底学不成了，谁来求情都不行了。

在一个葬礼上，徒弟屡屡把唢呐曲子吹扯，师父直接拿手里的唢呐摔向徒弟的头，众目睽睽之下，重新开始的时候，徒弟泪流满面，战战兢兢地继续和着师父吹。

师父当众打骂徒弟，没有人会同情徒弟，也没有人会责怪师父，大家反而觉得师父就是有威严，还会在坊间流传师父的一段佳话。

师父的威严来自师父的技术，如果有不服气的，可以提个瓦刀砌两米高的墙试试，做一个小板凳来坐坐，打一副门闩看看——一般人没那本事，师父的技术不是吹的。

跟师父学习三年，基本出师了，还要给师父免费帮工三年。帮工的三年不用再给师父家背粮食了，偶尔还能跟师父愉快地说两句开心话，一起教育新来的徒弟。三年过后，翅膀已经硬起来的，已经出师了的徒弟就可以远走高飞，独自揽活开始当师父了。

师父就是这么有势。这是规矩。

一日为师，终身为父，对于手艺人来说，师父就是再生父母。师父不对，别人再怎么说不是，徒弟也不应该说师父不对。这是规矩。

泥水匠、木匠、铁匠……慢慢地消逝了，师父也消逝了。

那些曾经打骂你，或者不愿意收留你的师父已经远去，留下了自高自大，心里空落落的我和你。

那些曾经打骂
你，或者不愿意收留
你的师父已经远去，
留下了自高自大，心
里空落落的我和你。

辣子汤

辣子汤也叫"河北"辣子汤，但不是在河北省，而是在渭北一个偏远的小山村，从西安向北，过白水县城再往北过洛河就到了。"河北"地方不大，北塬、纵目、史官三个乡镇，数万人而已。"河北"之人不管在外当官打工也好，在家务农持家也罢，对辣子汤的钟情不亚于对爱人的激情。

辣子汤的起源无法考证，但它在"河北"的市场是极其广阔且深厚的。真正要吃到辣子汤并不是容易的事情，这样的饭菜没有红白喜事是轻易吃不到的，即使平时自己做了，与过事时吃的辣子汤味道和感觉也大不一样。

"河北"人逢婚丧嫁娶之日吃三顿饭，中午必有辣子汤。主家大厨棚外烈火熊熊的炉子上架一口大铁锅，沸腾着一层红辣子油笼罩了一半的热汤，一脸得意的主厨胸有成竹地从一字摆开的脸盆里用勺子自如地挖挖这个切好的香肠、豆腐，挖挖那个粉条、胡萝卜、凉粉，各种香料等，然后从一大搪瓷盆的油泼辣子里舀满满当当一大勺子放进铁锅，香溢整个小山村。村上帮忙的几名年轻小伙用盘子端走六七碗辣子汤，然后端回来空碗，不断循环。

客棚的八仙桌上，萝卜丝、豆芽、辣子、盐放置四角，桌中央一大盘热蒸馍，周围是等待客人添加的辣子汤。客人一边泡馍加汤，一边掏出手帕揩满头的大汗，嘴里吸吸溜溜，陶醉在美味的辣子汤里。小姑娘不断向盘中夹热腾腾的馍，吃饱的人不断地走，司仪不断地为就座者换上干净的

「河北」人逢婚丧嫁娶之日吃三顿饭，中午必有辣子汤。

筷子和碗，继续新一轮的吃。当然，不怎么吃辣子但想品尝者只要提前声明，在主厨的巧手点拨下，香而不辣的辣子汤就能立马完成。

"河北"没有工业。水，是从山上流下来的，清澈见底；猪，是一把麸皮一把草喂的；豆腐，是用自己地里的大豆在自己的石磨上磨的；豆芽，是在炕上用被子捂严两三天的时间长的；馍，除酵面外没有任何添加剂。吃，你就放开吃了！

没有污染不能说就是世外桃源。"河北"人好客，怕客人不习惯，很可能临时在相扶⑤的建议下取消令人垂涎的辣子汤，赶时髦换成一顿在城里吃腻了的七碟子八碗，让你乘兴而往，抱憾而归。所以，你必须打个电话核实一下确实有辣子汤再前往。饱餐一顿辣子汤，临走时主人会坚持给你送两箱绝对正宗的白水苹果。你的感觉会是美妙之至，嘿，该去吃吃了。

行门户

关中一带，行礼叫行门户。来而不往非礼也，婚丧嫁娶就要你来我往地行礼。门户是一个家庭的集体形象，所以行门户大有讲究。

人到世上，在重要的节点，还是要有点仪式感。无论是满月、结婚，还是离世，过个事还是有必要的，不然谁家夜深人静生娃了就是哇哇哭几声，只有村子里半夜三更没睡的几个人听到了，知道了，村里虽然香火又旺盛了，其他人却不知道，悄无声息的，可是这又不是偷着生，不搞个满月酒和亲戚邻居分享快乐，多没意思。一样的，村里的青年结婚，不搞个仪式总感觉偷偷摸摸的，让村里人觉得这媳妇不可靠，不办个仪式，说不定媳妇哪天就跑了。老人去世了，如果不吹吹打打搞一搞，哭哭啼啼让村邻看一看，一定让人感觉这家子孙不孝顺，给后辈甚至村里人带了坏头，背地里有人会戳脊梁骨谴责三代，还要在这家人亲戚面前说上几年，很是被动。过个事让亲戚乡里庄严认真地看着过世的人入了土，这是对逝者的尊重，也是对生者的尊重，安慰失去老人的孩子，分担一下逝者家属的痛苦。

仪式感是拿钱财支撑的。日子过得一般的家庭，过事就会捉襟见肘，甚至到最后摆席的时候因为肉不够没有办法下场的情况有很多。所以，关系远远近近的亲朋好友、邻家百舍按照亲疏出钱出物，行门户，保证红白喜事能顺利完成。平时别人来行的门户积攒着，自己有事行出去的门户基本又回来了，差不多就是零存整取。

行门户的过程体现在礼物、礼仪、招待上。

礼物的轻重根据亲戚的远近和朋友的关系决定。亲戚行礼的多少一般事前会大概商量好，到了某个村根据各自的关系，相扶会给出一个标准。

除了钱财，要拿布料、被面、太空被什么的，还要拿花馍，所有的东西放到盘子上，请客的相扶要大声唱给围观的群众，然后请回家里去。礼金记到礼簿上，过事搭的大棚里两边挂两根绳，客人拿来的布料什么的都挂在上面，布料上面用红纸或者白纸写着客人的名字，旁边还按照礼簿上的礼金写着"礼洋×元""礼洋××元"或者"礼洋×××元"，关系相近，没有礼物只有礼金的，在大棚门前张贴一张大红纸或者大白纸，上面按照先后顺序和村落一一载明姓名和礼金，行礼多少一目了然。

凡事一公开就会惹出一堆事儿来，辈分相近或者相同的亲戚发现之前说好一起行多少礼，另一方上礼的时候行的比自己多了，那么一场吵闹就直接开始了，在众目睽睽下被晾那是绝对不能忍受的。手头充足的就赶快找收礼的相扶以"钱掏错了""东西忘了拿过来"等理由增加些礼金或者礼物，争取面子上要过得去，然后与一起行门户的亲戚就结下几年甚至一辈子都不能解的梁子。

花馍也是要带的，来客的花馍摆在显眼的地方，看到的客人会评价一番。所以过事前几天行门户的人都要找村里手巧的妇女蒸馍，根据亲戚的远近亲疏，这些平时地里拿锄头、炕上拿针头、案边拿菜刀的妇女，按照行门户的关系，蒸的馍也形状不一、大小不等，上面别满了各种面花。老人去世的事情，还会用面粉蒸好再用油炸出来，一圈一圈摆起来八九层的"油云"。过事到最重要的坐席阶段，家庭贫寒的事主，因为粮食短缺，蒸的馍不够来客吃，会切开客人们拿来的馍让所有客人吃。过事末了，亲戚走的时候也是不能空包包回去，要根据亲戚来时拿馍的多少回赠一些馍。家庭殷实的，会事先蒸好像婴儿拳头般大小的馍回赠；家庭条件差的，把花馍切下来一半装回亲戚的包包。客人走的时候张开包包瞄一眼然后带走了。不回赠馍或者回赠的数量不够，都是严重的失礼，被亲戚公开说出来大家都会脸红，很不好。行门户客人拿的馍在主要的场合基本就够自己吃了，给事主减少了粮食上的压力。

关于行门户到底需要多少东西，情况不同。我们家族谁家婚丧嫁娶，其余的每家要出现金一百块，每家人出小麦三十斤，不送礼物，无论通货膨胀不膨胀，不管小麦涨价还是降价，几十年都是这个标准。

行门户的礼物到位了。相扶们要按照各自的分工，带上吹鼓手吹吹打打把客人们按照类别分头安顿到村里其他临时接待客人的人家。安顿停当准备好饭菜了，又带着吹鼓手吹吹打打地去请客吃饭。客人们都吃完饭以后，相扶们要端一盘子烟酒，跟着过事家族的家长去安顿客人的地方看客。到了安顿客人的地方，家长要端起酒壶给客人倒酒，客人会婉拒，家长会再劝，如此三番。不管最后喝了还是没喝，都会面对面作三个深揖，家长会说"事情匆忙礼仪不到""天气寒冷"或者"天气炎热招呼不周""客人不要见怪"等客套话。说话间，相扶会迅速默默数一数，人均给放一盒一般的香烟，另外多放一两盒一般的和一两盒好一点的香烟，客人中有年纪更大的，要放一小把卷烟，留二两茶叶，最后在吹鼓手吹吹打打中离开。

坐席是过事最重要的时刻。必须严格按照亲戚的亲疏请客，先男后女。娃娃结婚，相扶带吹鼓手去就可以；老人去世的事情，孝子们要跟上相扶和吹鼓手去安顿客人的地方一家一家跪着请。亲戚没有请周全，是不能开席的。在老人去世的事情上，胡子一大把的重要亲戚非常要紧，位置不合适或者行门户中遇到了不爽快，坐定在席位上后会大声斥责，一个大棚里十七八席客人和几十个相扶都鸦雀无声听老人家发脾气，有些老人还会把筷子摔得很远，表现极大的愤怒，这也是过丧事中重要的一环，叫"掰扯"。相扶们会适时上前劝慰，一再自责把主人家的事情没有安排周全，是相扶们的不对，乞求老人家谅解，赶紧端起茶壶给老人家面前的茶杯里添茶。老人家如果端起茶喝了一口半口，就意味着气氛已经相当缓和了，然后求老人家："老人家，把果子裁开！"老人家拿筷子夹盘子里小果子的时候，相扶就会适时向全棚大声宣布："开席！"整个棚里席面上的人才能动筷子。只要筷子一动，那整个棚里的人该怎么吃就怎么吃。如果老人家端起杯子又放下，整个席面上的人目光都会朝老人看，心都悬起来了，看老人下一步要说啥。"掰扯"跟演戏差不多，合适了人很称赞，"掰扯"不够或者不"掰扯"也都会让人笑话的。席一开，老人家无论再有什么意见都没有办法发表了，主人家就赶紧上来敬酒。

娃娃们爱行门户，行门户能见到很多人，热闹。能在席面上吃好，家里穷的娃娃，就盼亲戚家有事，能行门户。至于大人为了行门户借钱、蒸馍，甚至为了行门户多少不断吵架等，转眼间就忘了。

开席前的"掰扯"对于娃娃们来说是漫长的，饥肠辘辘眼看着面前的美食却不能动筷子，心里直骂老汉事儿真多，东拉西扯都是废话，耽误人开席。但是，老人家一辈子抛头露面也就是那么几次，也许他也想去成千上万人的场合发个火，让台下鸦雀无声，但是没有机会。

俗话说了："一方有难，八方支援。"一家过事，大家行门户，互帮互助，吃的拿上，礼物拿上，帮事主给娃把满月拾掇了，给娃把婚结了，把老人送葬了，事主家用礼金还了买猪钱、买菜钱，打发了吹鼓手，还清了烟酒钱，收的礼物一部分及时更换了家里实在用不成的东西，比如被面子，比如老人、娃娃的衣服，另一部分又拿给其他亲戚行门户用。不管过了啥事，不欠账了，日子也就有希望了。

行门户，人到、礼物到的门户那是相当重视门户。客人有特殊事情实在亲自去不了或者对事主有意见，但又不愿意断绝关系的，会让其他人捎些礼物。当然，也有不愿意给人家行门户的亲戚朋友，他们只想着让别人

行门户是祖祖辈辈织在世间密密麻麻的网，在人口相对固定的农村，行门户是物质和精神上的相互支持，无论喜怒哀乐，都是浓浓的乡情。

给他行，别人有事他就耍赖，这也就是一锤子的买卖，传出去牌子就倒了，他家再有事也没有人给行门户了，礼桌摆到门前，没人理，那就很尴尬了。通知了但是客人和礼物都没到，事主要好好想一想是否及时而且是按自己的身份给亲戚朋友行门户了，或者是否给亲戚朋友行门户时耍赖了，要不然就是人家根本没有把你当亲戚朋友，自己判断错误把帖子发错对象了。

当然，也有收礼不待客或待客不收礼的；也有觉得某种事情上亏欠了事主，事主没说主动上门行门户希望修好关系的；还有事主不愿意交往而坚决拒绝行门户的……

在关中，行门户是祖祖辈辈织在世间密密麻麻的网，在人口相对固定的农村，行门户是物质和精神上的相互支持，无论喜怒哀乐，都是浓浓的乡情。

埋人

家乡葬礼的整个过程叫埋人。埋人分两次：一次是埋人；一次在原地，是葬礼。目前我了解到，这样的葬礼在世界上是绝无仅有的。

头埋

家乡的老人一上年纪，家里条件好点的就该给老人准备下葬的东西了：箍墓；做老衣，老衣就是寿衣；做寿木，寿木就是棺材。一些善于表现的妇女，逢人来就打开锁在柜里的一大摞老衣提出来给人看，一件又一件，尽力表现自己的孝心。小时候，看到人家从柜子里提出老衣，之后每次去她家，总是不由自主地看那个柜子。有人也早早把寿木做好，放在屋子后面，我一个人去他家的时候，总是感觉阴森森的。从形式上说，这跟过去皇帝登基后开始准备自己的后事差不多。老人一口气上不来，这些东西就赶紧拉出来，一群人，手忙脚乱地扶的扶，穿的穿，哭的哭，炕底烧几把纸钱，叫下炕纸，把老人的遗体抬下炕，放到一张单人床上，停好了。

抬埋老人都是儿子的事情，儿子多的，谁箍墓，谁做寿衣，谁做棺材，分得很清楚，女儿很少有认份子的。兄弟之间也常常为埋老人生出许多怨恨，你多掏钱了他少掏钱了，老人在世对你好了对我不好了，事后或许形同路人，甚至兄弟成仇。

我最怕黄昏的时候谁去世了，半个村子的人都急匆匆地在去世人家出出入入，家里不一会儿就传出一阵哭声。夜幕笼罩下，我独自一个人走到哪里，都感觉去世的人在我附近，好像久久不愿意离开这个村子。有时候，听见走近的脚步，却看不到人；有时候，有人抱一团黑衣服突然出现在身后，说，去世的人老衣窄了，穿不上，要赶紧连夜赶出来一件给老人穿上。

村里执事的也来了，把哭了几声镇定下来的儿子们招呼在一起，开始安排村里的人第一时间给至亲通知。村里的小伙子第一时间分头去给重要的亲戚报丧，夜半去世也是刻不容缓，风雨无阻，翻山越岭，没有交通工具的时候，都是步行。去世男人的舅家人，去世女人的娘家人，这些亲戚至关重要。阴阳先生也来了，从有文化的人家拿来笔墨，掐指算了又算，口中念念有词，然后歪歪扭扭地在白纸上写下头七、二七……尽七的日子。

嫁到外村的女子会赶回来，"大大……""妈妈……"地哭，从村口一直号啕大哭到屋子，有的抱着遗体还要摇一摇："你咋舍得丢下你的娃嘛——"继续哭。

男人的舅家人或者女人的娘家人到场，一件一件翻看逝者层层套上的宽大的老衣，还有身上盖的没有装棉花的夹层被子，数一数，以前走动太少的，舅家人或者娘家人就要指责一番，说老衣少了，谁谁谁给老人穿了九件，你们也忍心给老人穿六件；谁谁谁给老人盖了十三床被子，你们弟兄几个没良心的才给老人盖了九床。然后扯一扯逝者身上的老衣，说给老人穿的就是这质量的，儿女把心黑了，说到动情处，也许想到了自己的老人，不仅勃然大怒，而且潸然泪下。执事的忙上去劝解，说娃娃光景不好，事情突然，要体谅云云。

寿木架在院子正中，家境不好的，才请油漆匠漆过，黑黑红红的漆还没有干透。七手八脚把逝者放进棺材，两边绑两根粗椽，椽的两头又横着绑两根杠子，四个人吃力地抬向地里，有些六寸厚的柏木棺材非常沉，一路上要换三四拨好小伙。

有钱的人，早几年就把墓用砖箍好了，老人去世，只要两三个人去地里，两个钟头就挖开了墓子旁边的虚土，露出了墓门。没钱的，一拖再拖，拖到老人去世，赶紧叫七八个人去地里挖，半夜三更换人倒班挖。谁家都会有老人去世，挖墓的事情，叫到谁谁去，没有工钱，只管饭、管烟。就地挖下去，大概两丈深，打一个能放下棺材，两边能各站一个人的洞，墓就成了。

墓挖好了，至亲见过了，舅家或者娘家来人看过了，就把逝者抬到地里下葬。

村里去卷墓的，人人手里都拿一把锹，等孝子把棺材里的老人遗容整理好，盖上棺木走出墓道，卷墓的人就用锹向执事插了一根枯枝的地方扬土，墓卷到有一点点样子了，埋人就告一段落了。

对于整个葬礼，到这儿只完成了一半。这叫头埋，正式的葬礼在后面。

正埋

人去世了入土为安，下来就是葬礼。

逝者埋到地里后，家里开始张罗过事，这是正埋。阴阳先生看好正埋的日子和时辰，家境好的，选择在最近的日子，也许是四五天后；家境不好的，要借钱、借粮，需要一段时日，可能是七八天以后，半个月以后正埋的很少，即使有，亲戚和村里人都能理解，娃的日子紧巴，过个事难。

日子定了主家就开始张罗请相扶，相扶是村里帮忙的，有人说应该叫"相互"，谁家都会有红白事，你有事我帮忙，我有事你帮忙，能搭棚的搭棚，能烧水的烧水，能端盘子的端盘子。

人分好多拨分头行动。

年轻的小伙子，拿上名单给主家的各路亲戚通知哪天走客，哪天埋人，亲戚在地里的也要追到地里当面通知到，捎话是对亲戚的极大不尊重，过事也可能因此恼怒而不来，严重的就会断了这门亲戚。

然后有人带上孝子去请厨子，算算应该来的客，厨子就把烟盒撕开，在背面写需要的料：猪两头，豆腐二百斤，粉条五十斤，花生米二十斤，十三香十包……

一拨人请来做纸扎，裁剪搭设灵堂。在一张桌子上已经供上了逝者的遗照，那时候，多数是黑白照，在没有照片之前，只有一个一尺高的灵牌，上面写着"某某某之灵位"。照片前的三个碗里，供奉着果子或者食品，旁边点着两根粗白蜡，蜡的中间有一个香炉，三炷香袅袅升起烟雾，一直到正事结束，香火不断。一日三餐，按时供奉半碗菜，碗上平放两根筷子，筷子上架一个馍。供奉完，把食物全部倒进桌子旁边两尺高的一个黑砂罐。早晚要烧纸，孝子一起哭一阵，把纸灰抓进另一个小陶罐。

村里人都开始到外村借帆布搭棚，在村里借坐席要的桌子、板凳，借过事需要的锅、笼、脸盆，借盘炉子要的胡基。妇女开始拾掇穷主家借回来的麦子，连夜去磨面、蒸馍。请来了杀猪匠开始烧水、杀猪。

大棚里新旧不一的十六张八仙桌，每排放八张，配上高低不一、五花八门的凳子，棚中央挂上两盏汽灯，事就准备停当了。

走客的那天，八九个或者成十个吹鼓手组成的乐队就来了，悲悲戚戚地跟着穿白戴孝的孝子，去村头迎接一拨又一拨来参加葬礼的亲戚。亲戚拿的东西要一件一件迎接到灵堂，纸扎的柜子、金童玉女、马车，还有活人用的高档东西，纸扎里都会有，还有花馍和用油炸的一层一层垒起来的油轮（祭祀食品）。

　　每家来参加葬礼都会拿花馍——日子艰难，每家过事时，吃都是问题，带花馍一来用于祭祀，二来用于过事吃。葬礼结束，坐席的时候，大部分花馍都会被切开，温热，大家一起吃了，减轻了主人家的负担。

　　天黑之前，所有的东西都迎接进灵堂，亲戚开始轮流第一次坐席。坐席完，所有的亲戚都聚在棚里，孝子在棚中间的灵堂前跪了一大片。舅家或者娘家的人开始发言，说前不久埋老人的时候给老人穿得不好，平时对老人不孝顺，声色俱厉。孝子就跪在灵前垂首静听，听到伤心处会痛哭不已。

　　然后，来的亲戚按照亲疏随着唢呐三叩九拜。棚外面，挤了全村的老老少少，看谁祭奠得好，步子走得正。

　　主人家无论多么悲痛，整个村子却在悲痛中显得热闹。风把门口架在彩子周围的帘子吹得呼啦呼啦的——彩子就是一个空壳的轿子，象征着去世的人要坐它走句地里，里面有一盏罩起来的灯，四周的布帘上有《二十四孝图》。彩子都是用上好的木料做的，八个小伙子抬起来肩膀也会像被猴子啃那么疼。

　　家境殷实的，不但会请影子戏，还会请大伙看电影。邻村有一户人家埋他大，演了五场电影，从天黑一直演到鸡打鸣，看得我瞌睡得不得了，但是那时候半年都看不上一场电影，我和伙伴一直等到放电影的把电影机收到箱子里才离开，那是最早的"夜机"了。没有请戏或者电影的，亲戚都掏钱让乐队在灵堂前唱戏，唱的时间越久，说明这家越有实力。

　　天一亮，所有人陆续吃一些早餐，乐队跟上孝子们把灵堂的祭品一件一件请出来，请到门前。这时候太阳已经一竿子高了，又像第一天晚上一样开始祭奠。村里的大部分人也来了，围在一圈看，心软的妇女看到孝子撕心裂肺地哭，她们也跟上哭。

　　一个人走了，全村的人都来送行。没有在事里帮忙的人，拿着锨站在附近，等着继续去卷墓。

　　村里一个人担着担子，一头是盛放供奉饭菜的陶罐，另一头一个笼里放着一些纸扎。逝者的儿媳妇抓着担子的钩子，一路哭着把这些食物送到墓地，埋入墓土。

　　随着一声"起灵"，鞭炮齐鸣，儿子或者孙子分别头顶灵牌、照片或者盛纸灰的瓦罐等，带着一队孝子，拿着各种纸扎，随着彩子向地里走去。彩子里空空如也，但是象征着逝去的老人就在里面。

　　地里，相扶再次竖一根枯枝，然后大声说："给卷墓的磕头了！"孝子磕一个头，又磕一个头。大概半个时辰，墓堆卷起来了，相扶站在墓堆上，掏出袋子里的五谷，一把一把撒在墓堆上。在墓堆前用砖垒一个供桌，放上供品，乐队的几个人唱一折戏，孝子烧纸，又是一片哭声后，村里的这个人就魂归大地了。

　　村里的人，就这样，一代一代地埋了。

村里的人，就这样，一代一代地埋了。

坐席

"那就老规程！"

相扶头在棚外面话刚落地，乐人的一片唢呐声就吱里哇啦地响了起来。大众注目之下，相扶头与胡子花白的长者面对面互相深深地打三个躬，鞭炮也就在身后噼里啪啦地响起来。

一阵喧嚣之后，长者坐到十六张八仙桌里面最重要的那个位置上，筷子一动，开席！每张桌子的八个人都开始拿起筷子，根据长者的节奏，或吃两口，或落下筷子。

1

在说老规矩前，相扶头已经端起酒杯敬了长者三回酒了，还要根据天气或者什么的说一说："天冷了，喝一杯！"多数长者双手一拦再拦："行咧！行咧！好了，好了！"一般都推辞不喝，大家都心照不宣，这是个礼仪而已。相扶头身边有个端盘子的相扶，木盘子上放了四道摆设好的菜，还有一个酒壶和三个酒杯。

村里过事，根据事情的大小，请人帮忙，帮忙的我们都叫相扶，总管就是"相扶头"，"相扶头"在村里是管理、外交、威信等综合能力非常强的人，不管是嫁娶的喜事还是埋葬的丧事，从头至尾是巨细无遗。给谁安排什么活，谁看棚招呼客人的饮食，谁安顿客人请客人，谁烧茶谁帮厨，等等，相扶头的安排都是责任到人。

谁家都会有事，当相扶都是义务帮忙。除了能坐三回席，也就是顺手趁机悄悄拿主家几包烟，相扶头或者主家盯得紧时，有些相扶只能顺手几根几根地摸，揣到衣兜，天黑了回家一一装到空烟盒里，也算是额外的收获。

相扶头和各级两会的秘书长差不多，同样，事情过得是否圆满，全在相扶头身上。

娶妻和丧葬是最隆重的事。娶妻可能要在一年前——至少半年前就找个阴阳先生合一个好日子，有时候，男方女方都各自去找，掐八字，看时辰，双方协商来协商去，总之，掐好的日子和时辰，不能让自家的娃婚后受委屈。也有日子说不到一起退婚的——原则问题，当然不能退让了。

老人去世也一样，阴阳先生要很快地看一个出殡时辰，看是辰时好巳时好还是午时好。在麻纸上用毛笔一写，主家就开始请相扶入事。

2

村和村离得远，步行的年代，来一趟不容易。娶妻和丧葬要过四天事，入事，走客，正事，谢相扶。

头一天，之前已经请好的相扶一大早就赶到了，按照相扶头的安排，分头去干活，村道里穿梭的都是借东西的人。

首先需要搭一个大棚和两个小棚，大棚里面要安插十二张坐席的桌子，结婚的要放个供桌，上面一块灵牌上写"三代祖宗之神位"，前面放一些水果、干果和菜品。倘若是老人去世，则要划出很大的一块地方安置灵堂，旁边堆一圈纸糊的帐，周围放着"金山银山"和"金童玉女"，里面摆着遗像。亲戚拿来的供品、祭猪头等都在供桌上放。灵堂两边还要铺一些干草，女性都会跪卧在干草上昼夜守灵。两个小棚中，一个小棚是厨房，另一个是吹唢呐、唱戏、增加热闹的乐人用的。

谁家有椽，有多粗的几根椽，能搭到什么地方，相扶心里都清楚，你家有三根，他家有五根，还有谁家有帆布，等等，一定会把棚搭得很气派。

烧茶、做饭、炒菜需要好几个火炉，相扶和厨师通力协作，把几个炉子盘成，搭火开始烧。

你家有一张八仙桌，他家有两个长条板凳，虽然新旧不一，但是一定得借够数。摆在大棚里，一排六张，左右各摆了两排。

厨房放菜的盆子也得在全村一家一家去借，一般的事需要四十个，要借半个村的人家。

第二天走客，中午就开始来客人，相扶会招呼大家在棚里吃饭，八仙桌上有几道小菜，我们这里特别供应各种菜烩在一起的辣子汤泡馍。当天晚上要坐席，如果是丧事，坐席是最隆重的时刻。客人们当天晚上坐完席，行完礼就分散住在村子里的人家。

第三天正事，结婚的话，中午的坐席是隆重的，要待女方家亲戚，要让女方家的人看到男方家里日子谄活®，所以席面厚，人多，热闹。丧事的话，早上人已经埋葬了，中午坐席也就简单一些，程序完了就行了。

最后一天要谢相扶，一些相对近的亲戚留下来，给相扶们端饭，感谢他们的付出。吃完后相扶们就开始拆棚，还东西，事就过完了。

3

小时候，坐席非常讲究。

坐席的客人是按照远近亲疏安排的。请谁家、请几个人都要详细计划，请多了或者请少了都是不严肃、不认真的表现。顺序错了是严重的事情。较真的重要亲戚轻则当众给相扶头难堪，重则撂下场子赌气，让所有的亲戚和来看过事的乡亲等他的脾气好转，整个事都会被推迟和打乱。

如果是喜事的话，相扶带上乐人一路吹吹打打，去安顿客人的地方请客坐席。被安顿的客人，听见越来越近的唢呐声，也就做好了随时起身的准备，多数人会说一下，这拨谁谁谁去，下拨谁谁谁去。请客的相扶和端着一盘子菜品、酒壶酒杯的相扶进门，把盘子往炕上一放，要给炕上的长者们敬酒，长者们多数推辞不喝，也有准备喝却从酒壶中倒不出来酒的事情，大家都很尴尬地哈哈一笑就过去了。然后，相扶说请大家坐席了，需要去几个人。长者下炕，跟相扶相互打三个躬后，一脸自豪地跟上相扶，领着几个晚辈，在乐人吹吹打打的簇拥下向大棚走去，在冬天的话，还要从炕上拉上自己的羊皮褂子。

喜事的大棚门楣上有"高棚满座"的字样，丧事就是"望云思亲"什么的，在风中瑟瑟飘动。

亲戚过事，我经常挤在人群里去看人家坐席。请走了跟我在一个窑洞里安顿的大人后不久，我就悄悄跟上去，不能跟太近，太近了人家是数好的人，去了多出个我，会被大人训斥；也不能离太远，太远了会有跟我一样的娃挤上去，偶尔还有机会替补上去。坐席请的人中，偶尔会因为一拨亲戚刚好少一个，空出一个席位来，而急于开席，相扶会从身边围观的亲戚中随便拉一个坐上去，但是遇上这样的机会比买彩票中百十块钱的概率大不了多少。

到了棚里，亲戚级别差不多的都会推推让让互相谦让一番。但是，谁要坐在什么位置，自己心里很清楚，相扶也清楚。基本安顿停当后，就要请亲戚里最重要的人出来讲话，一般都是娃他舅家的长者担当这个重任。

一番礼仪后，长者回到桌子上动筷子。吃一两口要把筷子停下来放到桌子上，大家基本照长者的节奏进行。"筷子不停"是坐席的大忌，即使再想吃，也要有规矩，不然会被人耻笑很长时间。

席是"三转"，先在一边的八仙桌上吃干果、喝茶，这叫"茶席"，看到大家把干果吃得差不多了，相扶会说："把茶添上！"坐席的就知道喝茶该结束了，然后几桌子人统统起身，转到另一边的桌上，桌上凉菜已经摆好了，这是"酒席"。把酒给坐席的人斟满，相扶和主家都会一一上前敬酒，敬过了三巡五巡，几道热菜上了，菜吃得差不多了，酒也喝得差不多了。相扶问："没喝成？"坐席的会应声："好了，好了。"大家知道，又该转到对面原来是"茶席"的地方了。"茶席"的桌子上，摆满了肘子等饭菜，这叫"饭席"。几张八仙桌前，村里的小姑娘，一人提一个馍笼，用筷子给坐席的把热馍夹到跟前，大家吃得津津有味，这会儿筷子可以不停了。

另一边，原来"酒席"的桌子上面，摆了干果，相扶开始请下一拨客人了。

"饭席"基本不剩什么了，相扶就问："没吃成？"坐席的也就知道，该离席了。

后来，"三转"变成了"两转"，把"茶席"的干果吃完直接上"酒席"的菜了，吃完"酒席"转到"饭席"再吃。

现在，坐下来后，"茶席"完了上"酒席"，"酒席"完了上"饭席"，不转了！

那会儿，坐席讲究"男尊女卑"，所有的男人坐完席，女人们才开始。也许是女人们为了生活，非常现实，不太讲规矩，她们带一群孩子，菜还没有上齐，看到好吃的就快速往自己面前拨，甚至都敢把甜饭夹进喝茶的杯子里去，让后来喝茶的人觉得黏糊糊的。以前，女人们都拿一个粗布手帕，把席面上能打包的东西都打包了，拿回去给没有来坐席的家人。现在坐席的时候，她们都拿几个塑料袋，同样把席面上的东西"光盘"，

喜事也罢，丧事也罢，坐席吃饭这事情，对于人都是秀场。嫁娶的坐席，是男方女方互相让亲戚看；丧事的坐席，是活人借去世的死人，造势给其他活人看。

回去吃几天。

　　以前，喜事也罢，丧事也罢，坐席吃饭这事情，对于人来说都是秀场。嫁娶的坐席，是男方女方互相让亲戚看；丧事的坐席，是活人借去世的死人，造势给其他活人看。

平锨

一把顺手的好平锨，没有一两年是使不出来的。

买一个新锨头，找一根干透的槐木当把安上。锨把要用瓷瓦刮来刮去，没事了就刮，一直刮到摸上去光了，不扎手了，就可以使用了。

不断地铲土、翻地，最好能给人出一车煤，两个月后，锨刃就变白了，变得锋利起来了。

1

没事时我就扛着平锨到处转，城南洼、北胡同、西峁、牛角沟。村子东头我不太去，要穿过大半个村子，坐在门口抽旱烟的老汉跟上了年纪的老婆一样，碎嘴，也爱说闲话，看到我也会背地里指指点点说我不务正业，影响外村人给我介绍对象。我也不想碰上东头正在干活的人，哪怕我搭手帮他做活了，他们也没机会来回报我。所以，我的活动场所基本在村子的西头，南到吉家村，北到西头咀沟。我是漫无目的地游荡，就像现在拿着手机扒拉来扒拉去一样，不期待什么。顺路拾两锨粪撂到我家地里，差不多跟在微信群里抢了一毛钱的红包一样，无聊得很。

当然，拾了也就拾了，聊胜于无。

人一辈子有多少正事要干？我不扛锨转悠我干什么？

2

我扛上我的平锨心里踏实。进可攻，退可守。一副干活的样子，其实是绵里藏针。看到不顺眼的柴和草，我一锨铲起来撂几尺远。当然还能轻松对付想咬我的野狗，一锨拍下去，狗会瘸着一条腿惨叫着落荒而逃。对于那些不听话还在骂我的娃，我要把锨掉转过来，用锨把轻轻在他屁股上拍几下，看到娃哇哇哭了，教育教育也就行了。

在牛角沟，那些别人到不了的地方，我能用锨挑开枣刺，蹚出一条路来。我走过去什么也不干，就是想到其他人都没到过的地方。荒草里看着我慢悠悠溜过的蛇我也敢拿锨拍——要是在家里发现它，我就得听老人说的，慢慢地小心翼翼地拿锨把它挑起来，端到村子外面放了。老人总是说蛇是神，到家里后不能伤它，要把它很恭敬地送走。荒草里的蛇是不期而遇的，而且吓着了我，我不能饶了它，除非它消失得很快，让我不再惊恐。

那么多腿的蜈蚣我也不客气。有一次我帮人翻苹果园，翻出来一条蜈蚣，它也正准备慌慌张张地逃跑，我大发慈悲，说把它放了吧，跟我一起雇来干活的老汉冷冷地说："你仁慈，它可不仁慈。"他说完，我两锨就把这蜈蚣铲成三截，也是我的锨好，锋利。是的，如果我把它放了，又继续干活，它从我的裤脚钻进去咬一口，我可就中毒了。

3

有一年，夏天的两个月时间，我把十几亩的苹果园的墙修起来了，一人高，修了一圈圈，我使的就是顺手的平锨。

完成以后，我每天早晚都在墙里面转两圈。我觉得圈墙的人都是胆小的人，怕人骚扰，怕人欺负。其实，秦始皇修长城和我给苹果园修墙的用意应该差不多，都是怕人偷东西。

前不久，我到地里看了，四周只剩下断壁残垣，到处都不修墙了，人人都自信了。没有人偷苹果，路边有诱人的苹果，你进去摘几个，园子深处的主人会冒出来问你："才回来啊？"你虽然不好意思，但是主人很好，说你多摘几个。

不修墙，锨的用途是少了。院墙现在也都是砖垒的，看上去很洋气。村子里那些斑驳的土墙被数码相机拍了又拍，已经当古村落对待了。

4

村头的铃一响，我就赶紧顺手把我的锨一扛，跟我一样，村里的男劳力都会纷纷扛锨去事三家，去卷墓，埋人。

不管关系好不好，村里只要有人去世，再忙都要撂下手中的活计去卷墓。在村里，为人不太好的，去世了棺材在门口没有人去抬，一些人故意看笑话，孝子也会深受教育，自己羞愧地抬起来，把先人抬到地里。为人好的、和善的，去世后棺材在门口，人们会争先恐后地上去抬。我把锨给旁边的人，也抢着抬过，柏木棺材十分沉重，八个人抬着，我在最后，那七个小伙子像勇士一样，我感觉整个人都是被压着、拖着跟跟跄跄地朝前小跑。一圈的人在吆喝，后面的孝子根本够不着，只是跟在队伍后面哭。

是的，无论过去有没有过节，地里的墓还是要卷的。

孝子们跪在地上，一拨人上来卷墓，尘土被扬得到处都是，向墓上卷一阵子土就退下去，帮忙的人一边给卷墓的人发纸烟，一边大声喊："给卷墓的磕头！"孝子们就机械地磕一下。有些卷墓的两只耳朵上已经别了两根烟了，嘴里一根还在冒烟。另一拨人上来继续卷，如此三五回合，就成了高高圆圆的墓冢，阴阳先生在上面撒上五谷，招呼人用锨再戳一戳，墓就成了。孝子们再一声长哭，埋人就结束了。

我扛着锨，跟着人流，顺路评论评论谁家的苞谷长得好，谁家的谷子长得差，言论颇为自由。说到当面的，地的主人会找今年种晚了或者今年的种子不好等说辞掩饰一下尴尬，然后大家都回家了。

各回各家吃饭，事主家的席面再厚也不能去吃，这是规矩。

一把一把平锨，把一代又一代人埋葬了。

5

不干活时我会把锨放到门后，常年基本放在一个地方。晚上一样可以当防卫工具，半夜听到院子外面有鸡呀、狗呀的惊叫，我就顺手把锨一提，门哐啷一开，追出去就喊。

好锨是轻易不外借的，就差给上面贴个"老婆与锨概不外借"的字帖了。借咱锨的人有时候不太讲究，要么用锨刃去撬砖头，要么用锨把去抬石头，要么是锨刃卷了，要么是锨把受暗伤了，都让人很不爽。

心情不大好了，拾一片瓷瓦刮刮锨上干了的一点土，三番五次，吱吱吱的，多半个村子都能听到刺耳的刮锨声，牙都能被听软。瓷瓦刮锨是四大难听声音之一，但是我就是要刮，把我的锨刮净，还要敲两下。

树下阴凉处，人多的时候，屁股都会坐在锨把上，从三国说到民国，不累。

有的晚上，我头枕着锨把，躺在地上，看月明星稀，猜想古人的生活，猜想他们是不是跟我一样，无聊而又快乐。

人一辈子有多少正
事要干？我不扛锨转悠
我干什么？

土炕

北方的农民，半辈子都在炕上度过，炕上的故事，比地里的故事丰富。

1

麦收停当后是盘炕的好时节，这时候，可以直接把睡了几年、十几年的老炕砸了。

老炕就像上了年纪的老人，到处出状况，或者是出烟不利，烧炕的时候，烟囱上面缭绕着丝丝缕缕的淡烟，而炕的周围浓烟滚滚，涌到窑里的角角落落，点着的煤油灯也都看不到，久久难以散去，人根本进不了窑；或者是被烧裂了缝子，漏烟；或者是半截被娃蹦塌了，不能烧了。

小麦碾打入囤后，酷暑来临，整天烈日高照，什么东西都干得快，这天气盘炕刚刚好。秋天、冬天、春天基本都要睡在炕上，时令很重要，要赶在上冻前把新炕的湿气排掉。

麦收后就在板凳上架两扇门板，成了一张床，能睡一个大人和一个娃，柜盖上也能睡人，这时候就是打炕盘炕的好时节。

破坏总有一种快感，平时小心翼翼不敢在上面跳的炕，三四镢下去就把中间砸个深坑。炕土泛出浓浓的烟熏味，一直砸到被烧焦的烟囱根。

清理完旧炕的残渣，拾掇好地方，就要开始盘新炕了。炕盘在刚进窑门的地方，紧挨窑面子，窑面子上有低窗和高窗，加上门。炕上白天是亮亮堂堂的，坐在炕上从低窗一眼能看完整个院子。

炕的一周要用胡墼做。胡墼也叫胡墼，是人工打造成餐凳面大小、餐桌面薄厚的长方形干土坯，盘炕需要百十页胡墼。挨窑面、窑墙或者窑基，垒成两胡墼高、八九尺长的炕棱畔，宽六尺墙板的一个池子。池子的中间，用泥做两个对称的、水桶粗的泥墩，这叫立桩，做得要比两胡墼的高度低上三寸多。在立桩相对的炕洞畔，要对应留两个胡墼面大小的小门洞，用半截胡墼封起来，炕做成后，这是柴火和草灰的重要出入口，伴随炕的寿命自始至终，这叫炕洞门。池子里胡墼的内侧面上，要认认真真地用泥抹两遍，抹不好，将来会从胡墼缝子向外漏烟，而且难以处理。

池子弄好，要往池子里装干透了的土，十几架子车，土越干越好，最好是谁家老院墙上或者村里城墙上的土，拍得面面的、细细的，一锨一锨铲进池子，装到跟池子里的墩子一样高，然后上去排着用脚一遍一遍踩，角角落落一点都不能漏，不停地添土，最后要用打窑棒槌拍上几遍，炕的模板就这样弄成了。

接着就要去拉一些稀松的黄土准备和泥。黄土要到村边崖畔上去挖，背阴的地方有，没有瓦砾没有杂草，手一捏能捏成一团，放开就散，好土，又需要七八架子车。吃了早饭开始挖土拉土，两个人大概要拉到傍晚，在院子堆一大堆。在土堆上面扒开个坑，浇几担子水让慢慢渗着，然后去睡觉。

第二天东方泛亮，起来赶紧继续去担水，往土堆的坑里灌，然后向上面撒几笼铡成一两寸长的麦秸，将这些铡好的麦秸均匀地和在泥里，跟混凝土里的钢筋是一个道理。一个人在旁边不停地往土堆的坑里用锨撂土。十二三担子水浇进去，土变成泥了，两个人要把这堆泥一锨一锨地倒腾来又倒腾去，倒腾三遍，那么这一大摊准备做炕板的稀泥就算和成了。

还需要找村里经常帮忙的男劳力，至少四个人，一人一把锨，从泥堆到炕的池子，一个人把泥铲起来接力倒在另一把锨上，最后一个人摊在炕的池子里。摊上要比一圈的胡基能高那么半指，摊一段，用泥叶⑰抹一段，整个炕上面都盖了一层三寸多高抹平的泥。

几天过去，泥的表皮稍微干一点，穿一双底很柔软平整的布鞋上去踩一遍。再过两天，可以用打窖棒槌在基本凝结了的泥上排着轻轻拍打了。早上一遍，晚上一遍，拍六七天。最后的几天要狠劲地拍，拍得看上去能在上面擀面，这就差不多了，夯实了。如果当初池子里的干土没有踩实，用棒槌拍打的地方一定会下陷，这注定是一张高低不平不完美的炕，不仅不好看，而且睡上去也不舒服。

四十天后，大概已经立秋了，摸摸炕的表皮已经泛白了，打开预留炕洞门的地方，把以前炕里装的干土小心翼翼地掏出来，掏土不能伤了炕洞围墙、立桩和炕板。大约两天把土全部掏完后，从两个炕洞里添一些秸秆什么的软柴，开始烧炕，柴不能太硬，火不能太大，太硬的柴火大，容易把炕烧裂。

炕上微微冒着热气，早晚各烧一次，像熬中药一样。

之后可以找匠人用胡基开始做两尺高的墙板，墙板的旁边，或许要做新锅台，同时还要把炕棱的一周用细细的泥抹得平平的。还要找木匠量一量炕洞，做两个精致的木炕洞门，中间钉两个小铁环。没有条件的，找四块砖，一个炕洞门两块，竖起来挡住，除了不美观，照样很实用，炕就完全盘成了。

来家里的外人看到泛着热气的炕会连连夸奖："今年盘新炕啦！好啊！"

2

很多年以前，炕要高一些，大概有四尺高，每家炕棱底都有一块高低不等的石头作为上炕的台阶，小脚老太太和孩子都要踩到石头上才能上到炕上去。也有传说偷东西或者偷情的人因为出现意外情况钻进炕洞里藏起来的，不过那不是冬天，是在没有烧炕的时候。据说炕高是为了防狼，那时候，人少狼多，狼很容易钻进窑洞扑上炕把孩子叼走。那也许只能防那些才出道的小狼，老狼上四五尺高的炕应该很容易。

新炕通常配两张新席。

新席不是随时都能有的，一般只有过年的时候，有人结婚的时候，新炕成了的时候，才换新席。编席是一门手艺活，属于技术领域，会编席的男人要比不会编席的好找媳妇。

上冬了，不知道远处哪个芦苇荡的芦苇变黄了，被人一大捆一大捆地绑着在街上卖。买回来的芦苇剥去外面的一层叶子，长长的，白白的。穿过一根专用的铁管，劈成长长的四瓣席篾，要用碌碡在上面滚来滚去，轧到席篾看上去光滑柔韧为止。编席的大师量量炕的尺寸，然后开始蹲在地上编，半个月的样子，两张席就编好了，铺在炕上，新炕新席，总是会赶上过新年。

日子好的，席上面会铺褥子，铺满。有财东家背景的，还有可能有半边铺着羊毛毡——那是身份的象征，可以给村里的娃娃炫耀炫耀："你老爷在世的时候，家里有几十匹骡子……"稍微差一点的，一半铺着褥子，一半是光席。日子差的，直接就是光席，晚上睡觉就在光席上。日子更差的，光席用了很多年，周边已经破烂，中间有可能烧炕烧坏了一块，露出了炕，仍然那么用着。

家里的被子都会叠起来，无论晚上盖不盖，都摆在炕边。日子过得怎么样，从被子的多少也能看出来。

土炕就是土炕，周围是找不到砖的。砖贵，很少有人用得起。

过去的报纸跟现在的报纸一样，少。能找到报纸的人家，炕的周围和窑的前半部分都用报纸整整齐齐地糊一遍，中间贴两张年画，就能过年了。没有报纸的，只能把娃的书拆开来，用书纸密密麻麻地糊。识几个字的人，无论在家还是出门走亲戚，都可以随时看看墙上贴的文章，美中不足的是比阅报栏更新得慢很多，一年才换一次，或者几年才换一次。没有孩子念书，找不到东西糊墙的也大有人在，也就那样了，用泥把周围抹平，地球照样转，日子照样过。

3

秋天一到，树上的叶子开始飘落，村里的鲁五爷就挎着笼，肩膀上扛一个竹耙，在村头的树底搂树叶，搂满一笼就提回家去了，搂回去这些树叶冬天烧炕。他很少跟人说话，每年都是这样。每年看到他挎笼扛耙出发，我就暗暗地告诉自己：冬天要来了，我也要做点过冬的准备了。

"老婆孩子热炕头"是农民的理想生活。冬天的炕热不热是衡量一家人日子过得好不好的重要标准。冬天招待客人最好的也就是一张好热炕，来人了，主人急忙起身："赶紧上炕来！"同样，谁家的炕"冰得像死人尻子"，那是家道衰落，至少是那几天遇事不畅的兆头。

烧炕是妇女和儿童的事情。冬天，上学前后要看用什么柴，什么时候烧，有时候大人要安排，有时候要自己积极主动。如果悄悄地，出人意料地把炕烧了，会得到家人的极大褒奖，说娃长大了，懂事了。兄弟姊妹多的，要排一三五、二四六，"和尚多了没水吃"，责任不到人，经常会在烧炕上推诿，人之初，性本懒。

最好的安排是，下午上学前把柴塞进炕洞里，晚上放学回来把柴点着，整个上学和放学心情都是轻松愉快的。添柴的时候，要用形状像"Y"一样的圪杈把柴戳到炕洞里的角角落落。柴在炕洞里分布均匀，整个炕才热得称心。炕洞口热得坐不住，而炕里面却冰凉，烧炕的多半是心

北方的农民，半辈子都在炕上度过，炕上的故事，比地里的故事丰富。

里有什么不顺气，又不能公开发作，就暗地里胡捣。善于教育娃的，会循循善诱，问娃咋了，开导一下；脾气不好的，打娃一顿，教训娃下次不要这么烧炕。

烧炕不能添柴太多，柴太多了席就会被烤黄或者烤着，再多一点，炕上的所有东西都会化为灰烬。柴也不能太少，柴少了炕不热。添多少合适？只有烧过几次炕的人才能准确把握。

黄昏，家家烟囱先是一阵浓烟滚滚，然后烟慢慢变淡，渐渐消失，整个温暖的村子就进入了梦乡，狗也懒得再叫一声了。

半夜如果炕凉了，有勤快的男人，背个笼去场里的麦秸垛上拔一笼麦秸回来补充烧一下，场里的麦秸垛很多，但是去场里的很多人并不在自己家的麦秸垛上拔，尽管家家的麦秸都是为了喂牛，但是自己的麦秸垛总是好像比别人家的小。

一早醒来，也许外面寒风呼啸，也许已经银装素裹，睡在热炕上大家都不想出门，但是还得出门。

4

结婚在炕上，爱情在炕上，生娃在炕上，亲情在炕上，病老寿终在炕上。

世事悲欢离合，一张炕就涵盖完了。

借东西

在村里，如果没有存粮，家里也没有一两件垄断或者稀缺性的工具，那在邻里百舍是完全没有地位、尊严和威信的。

我家当时就有一个铁锚——一块笨重的铁铊上面挂了七个不同形状的铁钩，这个神器在水窖里捞铁桶实在是一绝，桶系掉了的，它能下去钩住桶上破了一点点的地方，轻易地把桶捞上来。有些窖里水深一些，淤泥多一些，但是主人只要下功夫，或者管一顿饭请个高手，用绳绑着它趴在窖沿上两三天不停地在三丈多深的水窖里晃，几乎没有它捞不上来的铁桶，所以这个东西给我们家人出去理直气壮地借别人的东西增加了筹码。

有人不服气，也仿制过和我家差不多一样的铁锚，大概是分量不够或者铁钩下去出工不出力，捞上来桶的概率太低，终究不敌我家这好东西，所以村里借我家铁锚的人很多，外村也有慕名而来借用的。

没有人会与掉在水窖里的铁桶过不去的。铁桶要用一粗布口袋粮食的钱才能买到，一年也就打那么几口袋粮食，所以铁桶也是一个重要的家当。和我家关系不好的那几家人也会通过第三方悄悄借走我家的铁锚，把掉在水窖里的桶捞上来。

家家几乎天天要从水窖里吊水，水桶掉在水窖里是经常会出现的情况，高高兴兴地用绳把桶放下去，咕咚两下想让桶把水盛满，越吊越轻了就越来越沮丧了，要么绳断了，要么铁钩神不知鬼不觉地开了，桶就掉进窖里了，就需要捞桶了。

有一两样神器并不能改变缺很多东西的事实，所以，家里还是经常要去四邻八舍借东西。

聪明的人，从来不会和村里人闹僵，闹僵了就意味着在这个村子待下去很难。无论去谁家借东西都很难的时候，整个生活和劳动方式就基本要改变了。

能想到的东西都可能去借或者被借，钱、粮、布、柴米油盐、犁耧耙耱。

麦子在场里等待碾打，可能还需要趁天黑去邻家赔上笑脸借二斗糜子，赶紧去碾了。新麦吃不到嘴里，拿着糜面馍翻场的人很多了。

天一黑，也许就要拿盏煤油灯出去借一灯煤油了，没有这一灯煤油，你就要摸黑了。你有点能够买煤油的钱也不行，买煤油要翻沟过河走几十里山路，就算到了集市上，大半夜也不会给你开门。没有洋火也是一样的，不能让煤油灯着一晚，剩一两根洋火的时候，也要赶紧出去借一匣回来。

如果中午要来客人，恰巧家里没有白面了，你要背过客人去借，关系好一点，把娃打发出去就能借到；关系一般，必须在掌柜的和亲戚闲聊间，赶紧出去谈妥借回来，悄悄倒在案上哐当哐当开始擀，让客人看到你家里过得还算殷实。

借面、借盐、借辣面等，女主人不会直接从缸里或者罐里舀的，舀的时候用劲大，碗或者杯子压在里面舀得太实。这时候，要耐着性子慢慢等，女主人从面缸里一把一把舀出面粉来，轻轻向案上的碗里撒，一直撒到碗上有了高高耸起的尖锥，借的人然后再小心翼翼地端出她家门，端回家里。盐和辣面也一样，都要慢慢地撒。借的时候要记得拿哪个碗或者杯子借的，还的时候一定要用借的东西还。女主人记性很好，如果换了碗去还，轻则端回去重换东西来还，重则翻脸，以后很长时间不借东西给你了。

比起女人的阴柔细腻，男人之间比较大度豪爽一些，谁家要借牛呀、驴呀去犁地，自家的牲口力气大一些，走在犁沟也无所谓了。借了两包旱烟，也就不指望他还了。

谁家都会有婚丧嫁娶。

娶亲和丧事要隆重一些，帮忙的几十号执事从头到尾最少需要忙四天时间。过正事的前两天，执事们就要入事了，我们把执事叫相扶。

搭棚用的每根椽从谁家去借，棚底下需要安插的八张或者十张八仙桌要从谁家去借，厨房的什么锅从谁家借，放各种菜需要的四十多个脸盆需要从谁家借……除了筷子以外，过事的各种东西都要安排人挨家挨户去借，事过完后一个一个辨认好，一件一件归还。

那时候，你有点钱也不行，拿钱也租不到东西——没有几个人能置办十张八仙桌，几十个脸盆……一个村里的人唇齿相依，谁也离不开谁。

过大事，客人要来很多，穷乡僻壤的村子没有宾馆也没有旅社，客人都会被分头安排在村里人家里。安顿客人的家里要借被子的，谁家有被子，执事心里了如指掌。村里人结婚，条件好的，会陪嫁十床八床被子，绸子的、缎子的被面。一床摞一床放在柜上，全村的女人都会挤上去摸一摸，赞一赞，羡慕嫉妒一番。然后这家人被村里人盯上，就成了以后借被子的对象。新婚三五个月的新娘可能还会很不习惯，舍不得借出去，一家人苦口婆心讲道理，慢慢地就会拿出最差的一床被子去支应了。

要卖猪了，收猪的非得给你说个你不满意的分量，你非得要杆大秤称不可，就去借秤。到主人家门口，明明看到人家那杆大秤就靠在门背后，但是主人要是给你说不知道被谁借走了，那么你还是要尴尬地笑笑，赶紧离开。出院门的时候要迅速回想，他借你家什么东西的时候你是不是没有痛快地给过，或者你借了他家的药锅熬完药后主动给他家还，他家人因此得病了，你就是给他家送病的灾星，他心里已经犯了你的病了。

　　不能愤怒，借不到东西也不能愤怒。有人说过："没有实力的愤怒毫无意义。"比如借粮食，没有五斗米你就得挨饿。

　　如果你还不相信，架子车轱辘瘪了，没气了，眼看乌云密布，你要把晒干的粮食从场里拉回来，村里只有两户有气管子，一家的门锁着，就这一家了，无论你怎么不喜欢吝啬的他，也要在门口转几个来回，然后硬着头皮赔上笑脸进去借人家的气管子。

　　在总要去借人东西的时期，民主和自由就只是个概念。

要账

欠账这件事情应该很早就有了，早到什么时候我不知道。

据说，过去的铺子里会在显眼处挂一排红绳子，对于欠账的人，每个人都有一根，手头紧的人买了东西后，在自己的红绳子上打个结，欠一次打一个结，自己知道，掌柜的和来来往往的人也知道，这叫"挂账"。

还账时铺子掌柜就把欠账的结一个一个解开，叫"结账"。临近年关时一般要把账还完的，有些人的结是很大很长的，账清了后会求掌柜把这一串串结给他，拿回家挂在家里进门一眼能看到的地方，高调炫耀。客人来拜年，看到这么粗大繁多的结，会羡慕，夸奖主人一年结了这么多账，收入这么好。说白了，这就是显摆。

有两个时期，我跟人要过账。要账的时候，我都想把欠账的叫爷，只要能顺利地还了我的账，叫什么都行。

乘着改革开放的东风，我家置了一台磨面机，电动的，有人叫它电磑子，或者叫钢磨子，叫什么都行，就是一个功能——磨面，我们基本是按照中国的传统叫磑面。

以前的人磑面用石磑子，就是现在经常能够在民俗村见到的石磨。上下两个磨盘，也就是两个磑扇。粮食倒在上面，男人转圈圈推，推到一定程度后，女人跟在后面搅进罗子，罗出面粉。后来在沟里的溪水里有过水磨，省得人推。再后来有了柴油机带动的磨面机，再就有了电磑子，速度快，一小时能磨二百多斤小麦。

用如今时髦的说法就是"粮食深加工"，不过那时候的电磑子还不是自动上料，需要我和来碾面的人配合，把磨的粮食从上面倒进磨面机斗，又从下面把麸皮提上来，再倒进斗里去，经过反复操作才能完成。我挣的是加工费，大部分属于下苦钱，一百斤才收八毛钱！

然后就有人欠加工费。我准备了本子，没带钱的说："今儿来没拿钱。"我就把欠账的日期、姓名、重量、费用记在本子上，我一记就行了，不用签字，跟铺子掌柜的打结一个形式。小本生意，还都是很诚信的。

欠账的大多数会说点理由，"娃开学把钱花了""老人感冒抓药了""行了个大门户""邻家老王借钱了"……还会说点还款的节点，"绿豆粜了就给""猪快下猪娃了，猪娃一卖就给""给外村干了点活，这几天就给工钱，到手就还"。

大部分人都会及时来结账的，大老远就能听到："来，把那点碾面账结了！"我赶紧招呼还账的坐下，掏出纸烟给点上，摸出茶壶，泡一壶茶，在他喝茶的间隙，我很快就找到名字，钱一收，账一勾，我们都感到很愉快。

总有村里村外十来家人，欠的时候说得很好，要的时候很艰难。

要账是一门艺术，搞不好钱没有要回来，人也得罪了，邻村邻舍的，低头不见抬头见，不好意思。

每月月底要盘点一下，把欠账的名单归纳誊写到新账本上，有些人家也可能累计几个月，写了一长串了。晚上看完账本，计划好第二天要去的人家，心里画了一个路线，谁家最近有什么收入，谁家最近家里有什么事，先去谁家再去谁家，都有计划、有步骤。

很多情况下，是不能去要账的。欠账人的村子里有婚丧嫁娶的不能去，村里人包括欠账的可能去给帮忙端盘子递碗，忙得很，不可能清账。主人家里过事更不能，家里有人卧病在床也不能去，一个健全的人去危难之家要账，不厚道。逢年过节也不可以，会平添欠账人的晦气。大年前可以，除夕到正月都不能去要账，欠账人很忌讳，哪怕腊月二十九去要账没有要到，大年初一和正月见面都要装作若无其事，该拜年拜年，该谝闲谝闲。活在世上真累，有时候必须装下去。

到了欠账户的大门前，注意轻重适度地敲三下门环，等一会儿再敲三下，院子里的狗汪汪几声，主人搭声问："谁呀？"这时候，我就赶紧叔呀、哥呀、姨呀、爷呀的叫一声说："是我，要那点碨面钱！"门不能敲得太轻，轻了主人听不见；不能太重，重了真像讨债的，欠钱户的邻居听到也会出来谴责；也不能太急，敲得太急有说话厉害的直接骂："敲得那紧的是死了人了？！"

进门了主人家有外人是不能开口的。有些主人会主动说："刚好你来了，欠你那点碨面钱你一拿，正准备这两天给你送去。"吃了定心丸的我会客套客套："不急，不急，有了给，没有了再缓一缓。"如果主人不说话，外人坐多久我得陪多久，外人问我来有啥事，我说没事没事，顺路进来坐坐。识相的外人包括亲戚会回避一下，去个茅厕，这当口我赶紧诉苦说：电费来了，买了二斤机油了，买了四条三角带，换了个新罗底了……手头紧，看那点碨面钱能给不。

要账要事半功倍，不能多跑，跑得多了欠账的烦，要多了人皮了更难要了，不怕你要。要账最好看天气，大风、下雨、下雪是要账的好日子，这时候，欠账的男人大多在家。但是大雨有时候从欠账人家出入会踩坏院子，满地的脚印，敏感的人说雨这么大也不歇着，心里觉得对自己大不敬。也许我会尴尬地掩饰："刚路过，雨下得这大的……"

风和日丽，春光明媚，这些人要么去地里了，要么去走亲戚了，要么赶集去了，很不好找。脾气好的女主人会说自家的男人去了哪里哪里，脾气不好的一问三不知。即使女人管钱，也要等男人回来给，给男人一个撑面子的机会，也是为了下次好欠些。

个别的人，从来就没打算还账。说了粮食粜了或者鸡卖了就还账，眼看他早上把粮食粜了或者鸡卖了，下午去要他都没钱了。而且手里拿着我从来没有见过的饼干在嘴里嚼。

有些吃不饱穿不暖的日子真是困难，我要两回后看到无望，会直接把账勾了，眼不见心不烦，不要了！话说回来，好歹是个小微企业，应该有点社会责任，免除这部分人的债务。

直到我把磨面机打折处理，我都进城了，还有人欠我的加工费。生意就是万年脏啊，这部分直接进了呆坏账。

进城后，我曾经业余开过一个打字复印店，附近一个做生意的小老板点子很多，经常来打印、复印制作一些账表优惠券什么的，在我店里打的结越来越多。后来他的店居然转让了，我叫了一个伙计，去他家收欠账，他没在，他老婆听说我要不到账会堵她家的门，一下子扑过来抱住我的腿声泪俱下，说把她的命要了算了。吓得我两股战战，几欲先走。我赶紧扶起她说："嫂子，钱我不要了！"然后，我们走了，真不要了。

我这命，一辈子也就是适合搞加工服务业，现在的职业也还是来料加工，挣点加工费。虽然经常觉得加工费有点偏低，但是，公家做的大生意，很少欠账，也就这般了。

不去要账了，见了该叫爷的还是叫爷，那是真心地叫。

不去要账了，见了
该叫爷的还是叫爷，那
是真心地叫。

风过庙门

很久以前，村里有三座庙。

1

有一段时间，从阳春开始，我总去村子西头一片废墟中解手。

农村的饭是一天两顿，天麻麻亮起来去地里干活，太阳挂到树梢的时候回家吃一顿，这是晌午饭；吃完再到地里干一会儿活，太阳到偏西一点了再吃一顿，是后晌饭；然后再去地里干活干到天麻麻黑，回家睡觉。

那段时间，我总是在晌午饭后不久，先慢悠悠地踱出院门，走到那片废墟中去。

家里只有一个茅子⑥，如果我蹲在里面，家里人随时都可能来。听见外面有脚步声，我要赶紧咳嗽一声，提醒别人我在茅子里面。蹲的时间太久，家里人就很不满，我就得很无趣地提起裤子出来。

出家门不远就是大队部的院子，村里人都叫"大队院"。大队院西边有一排面朝东的窑洞，院子中间放着拖拉机后面挂的铁犁。院子的东边南北有一排瓦房，中途几年有磨面机房、链轨拖拉机库房、合作社。那些机器轰鸣的时候，半个村子都在震动，我还为此激动过一阵子，感觉"现代化"触手可及。不过，几年后，那些机器莫名地消失了，昙花一现，梦一样地过去了。大队院也好像只热闹过一次，是大队组织的一次"打倒"活动，当时高音喇叭响彻了整个村子，大队院站满群情激昂的人，他们不停地举拳头、喊口号，之后院子也就空荡荡的了。桐树春天花开，秋天叶落，风吹得花和叶在院子飘来飘去，很少有人去院子。

大队院北边上一个很高的土台，就是我发现的废墟。

我爬上高台，找一片杂草稀少的地方蹲下来，和煦的春日照着我，我心情轻松地看着周围的景色。眼前一丛一丛的干黄蒿根部已经泛绿，长出了一蓬一蓬的茵陈，要是生长在路边，它们早就被村里的妇女捋了。不远处还有绿得发亮的羊蹄草，羊蹄草总是发芽很早，长得很旺，是羊和牛爱吃的草，只是我每次去既不带镰也不带笼，也不想破坏这里的一草一木。

这一片荒草丛生的地方成了我的独立王国。只要天晴，我每天都去蹲一会儿。有一只麻雀跟我熟了，落在我伸手可及的一根树枝上，歪着脑袋，眼睛圆溜溜地看着我，叽叽喳喳叫几声，后来还带来几只一起叫。也许它和我一样，觉得这是一片好地方，村里人都不知道，家里人再喊也听不见，我可以舒心地待着。

有一天，我又蹲下，眼前的草下面好像露出半截麻钱，我拔出来，果然是外圆内方的一枚麻钱，被尘土沾满，我再仔细看看，旁边还有一枚埋得更深一点，一下子给了我一些惊喜，但是已锈迹斑斑，上面的字被土覆盖，实在看不出是什么年代的。

渐渐地，蹲一蹲后，我每天起身有计划地在废墟的草丛里走走看看，脚下和破墙边，看到散落在地上有的像是城墙上的砖，一些半碎的瓦片，还有手掌大小像兽头一样的瓦当，应该是屋檐前的那种，我拾了两片比较完整的带回家，放在我的炕头。

又有一天，我向荒草深处一走，不远处传来一只鸡咯咯咯咯低沉的叫声，很是耳熟，定睛一看，我家的一只母鸡卧在草丛里，鸡惊恐地瞪着我，我惊讶地瞪着鸡，我不知道它什么时候卧到这里的，我退了几步，蹑手蹑脚地离开它。等了一会儿，它咯咯嗒叫了几声后离开草丛，我过去一看，有八个鸡蛋在它卧的地方。两天后，母亲抱怨这只母鸡老了，不下蛋了，让我提到会上〔集市〕卖了去，我赶紧说在那片废墟里遇到母鸡了，又赶紧去草里把八个鸡蛋拿了回来，最后母亲把这只母鸡圈了起来。

说到了母鸡，说到了废墟，说到了炕头的瓦当。母亲说那里过去是座庙，庙里的东西拿回家不吉利，我就悄悄地把两片瓦当扔回了原地。

知道废墟曾经是一座庙后，我再也没去那儿蹲过，我后悔我蹲过，觉得那是对神的不敬。

父亲说，老人讲这座庙是很大的，他小时只记得门口有两尊高大的石狮子，后来石狮子也不知去向了。

也许，石狮子被敲碎成石子了。有一年修水渠，队上分配家家户户要缴石子，我去沟里背石头，二十多斤重的石头，用绳绑起来，一天从沟里背两回，走一走，歇一歇，肩膀像堆了一座山一样难受。晚上坐在院子里，用铁锤砸成石子，交给队上，有些人把村内外散落的碑子也砸成石子上缴了。

据说，这座庙里还有一口很大的古钟，被村里人敲碎铸成铧了。

寺没有了，只留下一点跟寺有关系的地方叫"寺西"，说的是寺庙的西边，年年都种着庄稼。北边不远还有一片地，叫"佛天"，我并不知道跟寺庙的关系，也许当时庙里的和尚，还会去这片地上做一些法事。

2

药王神洞也是一座庙，在村东头的涝池旁，现在也是一片地。

药王神洞拆了，一部分材料修了学校教室，教室搬迁过一次。小学，我在这个教室上课，自习老师出去的时候，我会仰望，看着很粗的房梁上彩色的绘画。我并不知道教室是用庙的材料盖的，只是觉得黑白课本远远没有房梁上的彩绘好看。好在，这间教室还在，也许是村里关于庙的唯一遗存了。

风，忘庙门，把
庙带走了……

药王神洞里的那口钟要小很多，三百五十斤，万历二十六年（1598）铸的。庙盖成教室，钟就一直露天架在村东头。四队人上工的时候，队长就狠劲敲，敲到大家都到了钟跟前，一块下地。生产队解散后，村里埋人的时候才敲，钟声一响，村里的男人就纷纷扛锨朝去世了的人家里走，然后一起抬了棺材去卷墓。

在这口钟上，我们的村名是"南羌生"；在后来的文物里，我们的村名是"南羌寨"。二十世纪八十年代初期冬天的一个晚上，有几个外地人在村东头烤火，第二天天亮，村里人发现钟不见了……

后来，发现这口钟出现在邻县的一家博物馆里，村里人几次商量，要把钟要回来。

3

土地庙立在村南的干沟畔，坐南面北，正对着村子，两丈多高，一丈宽，是用土夯起来的，庙里能跪七八个人，一张泥做的供桌上方，有彩绘的人像，庙两边的墙壁上，也有青面獠牙的绘图。

有人说，以前村里不太安宁，建了这座庙后安宁了许多。

我到干沟挖药、割草，或者砍柴的时候，顺路总会到庙里看看，我也不知道我想看到什么，可能只是看看墙上的图画。

风吹雨淋，土地庙一点一点坍塌了，多年以后我路过这里，远远看到只剩三根不规则的土柱子。

4

风过庙门，把庙带走了……

村里的树

　　村子里一些人已经老去，但是一些树还在。

　　有人住的地方就有树，有些树的年龄比几代人加起来的年龄都长。那些已经入土的老人曾抚摸过柏树，看能不能给自己造一副上好的棺木，但是树一直没有成材，人却不在了。

　　村里大大小小的树已经跟人一样了，谁家院子里外、巷道旁边有多粗的什么树，村里人心里都有底，常年生活在这个巴掌大的村子，邻里百舍没有什么不知道的，何况是端端长在眼前又挪不走的树。

　　树把村里人的酸甜苦辣和喜怒哀乐记得清清楚楚，如果树会说话，那么树讲的故事就是一本不加修饰的村史。

　　在村里生活过的人，至少有一棵忘不了的树。

　　我家门前的两棵杨树长得很粗了，一到夏天，门前就会被树荫遮挡严了。傍晚，村里锄地回来的人会三三两两把锄头放在树下，坐在锄头上东拉西扯谝到深夜。过了几年，母亲念叨着把它们伐了，给我做一张床，再做一个写字台。她说，把床做好我回去了就能睡。后来，我把床搬走了，很多年里，床和铺盖跟着我四处奔波。再后来，母亲用攒起来的零花钱，去镇上的家具店又买了一张床，说让我回去了睡。

　　门墙里面有一棵椿树，夏天上面趴着一些翅膀五彩斑斓的昆虫，我们都把它叫"花花媳妇"。小时候，我会吹走"花花媳妇"，悄悄爬上树，在这棵高大的椿树上，能看到小半个村子。在高处看看远处，有种征服天下的愉悦，有时候还能看到村里有两口子在打架，女的坐在地上嘤嘤地哭。但是如果上树被母亲发现，就会被狠狠地收拾一顿，我就悻悻地哧溜一下溜下树，悄悄地，什么话也不敢说了。上下树会把衣服磨破，所以，没事上树的娃都不是好娃。

也有母亲催促上树的时候。深秋，院子里外两棵核桃树上成熟的核桃一天一天掉到地上，母亲就会在一个晌午安排后晌卸核桃，这是一个重要的活动。后晌了，谋略到村里大部分人都去地里了，我们兄弟姊妹上树的上树，提笼的提笼，开始卸核桃。在树上，挥舞杆子，核桃啪啪啪地掉到地上，从绿壳里滚了出来，地上提笼的也就赶紧开拾了。村里还有去地里迟的人，路过的时候，母亲会礼貌性地让拾核桃吃，村里人会拾一两个满意地离开。打完核桃，母亲每天盯着晒干，然后不知道放到什么秘密的地方了，只有来了稀罕的客人或者过年了才取出来让客人吃。我们并不能随时吃到，也许干了一件她认为我干得好的农活后，母亲也会拿出一个被手焐得温热的核桃奖励一下我。

就是这样，院子里的果树每年都给人带来喜悦。

院子里那棵杏树结的杏很小，核很苦。一个春天的上午，在父亲的预约下，我五大提一把锯来到院子，还拿了几根粗壮的枝丫，截下我家杏树上的粗枝，把噙在嘴里的枝丫嫁接到树枝上，用泥糊了又糊，包上塑料纸。五大吃了我家一顿饭，走的时候又看看嫁接了好几个枝丫的树，胸有成竹地说："好了！"两三年后，这棵杏树果然结果了，成熟的杏既大又甜。杏熟的时候，家里来人都能从树上摘几个黄里透红的杏吃，得到来人的赞叹，我感觉有一棵好杏树好像也很富有。

"月邦村峁"是村子西南两三里地一个面临深沟的山峁，还有贫瘠干旱的梯田，梯田里的庄稼从来没有高过膝盖，我也从来没有发现附近住过人，但是却有个这么诗意的地名。

月邦村峁上有两棵柿子树，是从同一个根上长出来的，这是我祖先留下来的家业，就比碗口粗一点点而已，南边的是我家的，北边的是我四大家的。初冬，柿子还没有变软的时候，我们就要赶紧到地里，爬到我家的树上摘柿子。摘柿子有讲究，不能摘净，必须留一两个挂在枝头，给喜鹊吃，来年柿子才会结得更多，听起来像敬神一样神秘。这长在干透了的山峁上的柿子树一年也就结两笼，我们抬回家后，一个一个小心翼翼地摆在院落墙角一人多高的柿子棚里，用干草苫严，除夕的晚上才会拾出来一部分，用水温一温吃了，讲究来年柿柿（事事）平安。

有一年，家里的犁实在不行了，父亲打算把这棵柿子树伐了做个犁身，我们提着锯去了几趟，总是没舍得下手。

前几天，我路过村里东涝池的时候，发现地畔上两树柿子好像动也没动。村里人说，村里现在都是上了年纪的老人和很小的孩子，大部分青年人都出门打工去了，留下的青年人手头紧要的事情都干不完，柿子也就没人管了。

问起月邦村峁，听说路都被荒草"淹"没了。也不知道喜鹊光顾我家的柿子树了没有。

有一些寂寂无名的树很多年都是老样子。

我回村的时候去看了，我村西胡同畔上那棵斜长着，歪歪扭扭的榆树还是老样子，我小时候看时它有一胳膊粗，现在看它还是一胳膊粗。

那时候，春天，从地里回来的人或许会用镰或者锄钩过来近处两根枝条，将一衣襟榆钱儿回去蒸点麦饭。榆钱儿很甜，生的捋下来也能大口大口吃。村里风大，榆钱儿上的土也就难落住，洗不洗也都无所谓了。

稍远一点的够不着的枝条也就斜在胡同上，有的伸向蓝天，人无可奈何，没有办法去钩了。有不知道深浅的羊去试着够着吃，掉到胡同底叫了几声，死了，知道的人口口相传也都不去冒险了。

胡同底的人路过的时候也会看几眼。榆树也就那么长着。

榆木做锨把、镢把是好木料。水肥好、地势好的榆树，几十年后能解板、做案，一副好案用几代人，所以也有分家为分榆木而兄弟之间打得血头烂面的，最后截开一人分一块榆木疙瘩，当个切菜的墩子也多的是。

这棵扎在胡同畔上的树因为生长的地势和歪歪扭扭不成材的样子，保住了性命。

也许在我爷手里它就这么粗，到我手里还是这么粗。也许，我孙子见到它，它还是这么粗。

树把村里人的酸
甜苦辣和喜怒哀乐记
得清清楚楚，如果树
会说话，那么树讲的
故事就是一本不加修
饰的村史。

东涝池

村里东涝池没水了，干了。

最近几年，只有到了夏天，干涸的涝池底才会长一片郁郁葱葱的草，一些芦苇长得还很旺，能长到牛半身高。村东头谁家把牛全到这块草地上，牛悠闲地吃着草，尾巴不时地轻轻摇一摇，扇着蚊子。这片草比其他地方的更绿、更嫩，熟知的人会想起来这里曾经是村里人生活离不开的涝池，它还泛着深厚的的底蕴。

村里就这么一个涝池，叫东涝池，但是没有西涝池。

我们村子像一个朝南放着的不规则的簸箕，北边、东边和西边地势都高，涝池就在簸箕的东南方向，在两人高的胡同上挖出一个半足球场那么大的池，如果有卫星图，看这个涝池应该是个"几"字，上北下南，方位刚好，"几"的里面是池子，三周是一人多高的地畔，上面种满了庄稼，"几"的下面是一条东西走向的路。一下大雨，村里几条垣的雨水哗哗哗地流向东涝池。雨过于大的时候，水就会从"几"左边的一个胡同流向簸箕南方的干沟，胡同旁边据说有过很雄伟的土地庙，我小时候去看，只剩一点断壁残垣了。干沟塄的地畔上，也有一座庙，坐南朝北，在庙门上能看到全村，我挖药的时候进庙看过，上面斑驳陆离地彩绘了一些图。

如果还有很多人不知道涝池是什么，那么可以类比地想象成南方的大池塘，雨水多了，天涝了就流进去收集起来，平日就是村里人洗衣服、饮牲口的蓄水池。

一年四季，涝池对村里人来说都是不可或缺的，也是故事最多的地方之一。

　　开春，涝池的水碧莹碧蓝的，清澈见底，像一个小湖泊。如果谁家的新媳妇一个人在涝池边洗衣服，会获得很多人的称赞，村里很快就会夸成一片。如果入冬了，谁家的新媳妇一个人在涝池旁边洗衣服，那么，村里人很快就私下议论她的婆婆多么狠心，多么过分，欺负媳妇。同样，谁家的婆婆一个人在冷水里洗衣服，村里人就开始私下咒骂这个儿子和儿媳多么不孝顺，让老人这么冷的天去洗衣服。甚至有人会悄悄地到外村告诉娃他舅，他舅来给娃和媳妇严肃地上一课，顺便要安慰安慰哭哭啼啼、对儿子儿媳一肚子怨气的姐姐或者妹妹。所以，婆婆和媳妇都不能在大冷天去涝池洗衣服，如果去洗，都是给对方抹黑。冬天，婆媳更多的会把洗衣服的争论消灭在家里，要是扩展到涝池，那么双方基本是谈崩了。

　　当然，冬天谁要是去涝池东边地里的皂角树上用杆子钩皂角，那可是勤俭持家的表现。我不知道这皂角树是谁家的，冬天我怕主人看得紧，没有去搞过树上的皂角。皂角这玩意洗衣服的时候折那么一点放在湿衣服里，然后不停地用棒槌打，会泛出泡沫，听说洗出来的衣服非常干净。我见过村里有女的放好皂角在洗衣板上轻快地、不断地捶打，头朝右仰着跟旁边没有皂角用的女人说话，姿态看起来要高贵很多。夏天，我姐洗衣服，我在涝池旁边的主稼地里帮忙晾衣服的时候，看到枝繁叶茂的皂角树上还有几个干透的皂角挂在高处，我用地里的胡基三番五次向高处砸，满头大汗也没砸下来一个，非常丧气，也只能说我靶子不准。

　　每天的中午和黄昏，村里人都会吆喝着牲口来饮水，涝池西边地势缓一些，牲口走过去排着喝。饮牲口的人也都会担两个水桶，从涝池挑一担水回去，晚上给牲口拌草。有一些脾气不太好的黄牛相遇在涝池，一头看另一头不顺眼，就开始顶架，都不依不饶，有的能把半拃长的角顶下来，血淋淋的，实在是有些犟牛的血性。还有一些有矛盾的男人在饮牲口的时候相遇，鞭子噼里啪啦地打牲口，嘴里在骂牲口，其实是指桑骂槐。如果对方也有个性，人和人就会在涝池边开打，打斗一直会持续到村里。

漫长的夏天，涝池就是村里的乐园。不管男女老少，很容易在涝池边找到。一大早起来，就有不少女人排在涝池东边洗衣服，说说笑笑的。也有说到对方痛处的话，洗半截收拾衣服不洗了的，回去散播"闲话"，搞得其余洗衣服的女人们鸡犬不宁，很不开心。大中午，知了在涝池边的树林里此起彼伏、不厌其烦地叫着，洗完衣服脸被晒得通红的女人坐在树林里东拉西扯又在说着闲话，等待衣服晒干。大一点的娃儿们三五成群，光着身子在一人深的涝池里扑腾戏耍，年龄小的娃在岸边手舞足蹈想下水，被屡屡喝止。顶多给他们逮几只蝌蚪放在盆子里，让在涝池边看着、逗着。

黄昏，路两边的钻天杨上，成百上千的麻雀叽叽喳喳，涝池南边的蛙声一阵一阵，牛在涝池西边喝水，从地里回来的人来饮牲口，顺带在涝池东边挽起裤腿洗个脚。

深夜，如果路过涝池，月光静静地洒在水面，不知名的昆虫在周围欢唱，这时候，涝池像一个高雅的音乐厅。

我家住在村西头，对于我来说，秋天的黄昏去涝池饮牛是件非常痛苦的事情。秋天黄昏洗衣服的人很少了，只有偶尔饮牲口的人。村里不断有人说起涝池边那座药王洞庙，都说庙里不干净，有神有鬼，我总怕黄昏的时候饮牛碰见神或者鬼。父亲让我去饮牛，走过一地落叶的路上，越接近土地庙我越害怕。到了涝池，这牛啊，喝水真慢，喝两口抬起头要品味一会儿，然后把嘴埋在水里继续喝一会儿，这样要反复三四回，感觉它喝的不是水，是红酒。

有一次，我实在害怕，牛没有到涝池我半路就死活把它拉回去了。父亲也实在是太老到，一看我的表情，直接训斥了我一顿，因为他的火眼金睛发现牛蹄子是干的！然后自己把牛吆着饮去了。吃一堑长一智，后来再去饮牛，我无论如何都要看着牛的蹄子踏到水里，一旦踏入，它喝两口还不走，还在慢悠悠地像吕红酒，我直接就躁了，用鞭子直接打它，让它赶紧走。因为我感觉涝池沿一圈圈的野草里都埋伏着鬼，阴森森地看着我，很是恐怖，我长大还想二大事，绝对不能让神鬼把我给搞走了。

我们村里的冬天十分冷，滴水成冰，男人都在腰里缠一圈绳，把棉袄紧紧地捆住，还把棉裤下面的两个裤脚也扎住，风怎么也吹不进去。女人裹得只剩下两只眼睛，不搭话根本不知道是谁。涝池冻成了一面大镜子，三两个胆大的娃在上面滑冰，栽倒又爬起，快乐无比。中午天暖和一点，才有人陆续来饮牲口，来的人都扛一把镢头，敲开冰面，露出一个窟窿让牲口喝几口。

一年里，谁家要栽红薯了，要浇瓜了，要栽树了，要修建了，都要去涝池担水。涝池的水是村里人的，也是神圣不可侵犯的，外村要是有人来拉个架子车，车上架个铁桶子来涝池拉水，村里人碰到就会让他们把水放进涝池，和善一点的村里人会让拉走，但是警告以后不能再来拉了。

有一年的午后，我睡得迷迷糊糊的，母亲戳醒我，说马上淘涝池了，村里人都在担水，让我赶紧给牛的水瓮里去担几担子。多年淤积，涝池的容量是越来越小了，需要把泥淘走，把涝池容积扩大。我赶到涝池边的时候，涝池的水已经被刮到"几"字的头顶了，我踩着稀泥搞了两桶水，里面还有小鱼和小虾。很长一段时间里，我为此惊喜的同时也很伤感，惊喜的是我们这涝池居然有鱼虾，伤感的是涝池彻底干涸了。

然后有链轨拖拉机在里面推，推了几天，涝池是大了，但是后来总是留不住水。

上了年纪的老人噙着旱烟袋在涝池跟前遗憾地摇头："链轨拖拉机把涝池的神伤喽，把裤伤喽……"据他们说，很久以前，修的涝池老是漏水，得道高人看了看后点拨，说涝池下面有窟窿，是龙头，需要个碌碡糜住才能聚水，后来村里人按照方位把碌碡放下，涝池果然不再漏水了，一直到这次淘涝池。

以后，家家有了水窖，涝池就可去可不去了。村里下大雨的水，照样还会涌进涝池，但是已经随它自生自灭，基本常年干涸了。

再过多年，回乡的娃娃，一定不知道这里曾经有个涝池了。当然，更没有人跟他们说这里有什么神和鬼了。

一年四季，涝池
对村里人来说都是不
可或缺的，也是故事
最多的地方之一。

我的白天和夜晚

锄地的时候，我总感觉腿疼，想蹲下；割麦的时候，我总感觉腰疼，想站起来。很多年来，我觉得我总是有各种不舒服。

1

半夜三更，夜深人静，我把几本破书翻来翻去，翻得乱七八糟的。有时候，我啥也不干，呆呆地看着窑顶，发呆对我来说是常态。我就是不想睡觉，让别人去睡吧。现在也一样。

天亮的时候，我不想起床，就是不想起，让别人去干活吧。二十多年前，在我们村，我就是这样，晚上不睡觉，当时大上海和大广州的人也是如此，只是我没有夜宵，也没有啤酒。

不过，晚上偶尔会"喝汤"。"喝汤"就是现在城里人的晚餐。村里人一天基本是两餐，鸡叫唤时起身去地里干活，上午十点多回来吃饭，算一顿；稍事休息后，又去地里干活，下午两三点回来吃饭，算第二顿；吃完饭然后再去地里干活，天黑了回来，吃个馍，喝点开水，睡觉。问地里有多少活？有一次，我的一个女同学说，活多到她一个人在地里干得放声大哭。

只有一些退休回到村里的干部才特别讲究。天麻麻黑的时候，人家的烟囱冒出一缕缕青烟，这一定是在烧汤。如果烟囱有浓烟冲天，那么，肯定不是烧汤，那是在烧炕。

"喝汤"其实也就是熬一锅小米粥，我们把小米粥叫米汤，盘子上面有四样菜，基本没有硬菜，然后，老干部盘腿坐在炕上，喝着米汤，吃着热馍，就着小菜，煤油灯放在墙板上，有点情调的老干部把收音机也开着，播放着轻音乐。

　　普通人家，如果家里有箍窑、打窖、盖门楼、拾掇窑面子等重大建设工程才会喝汤。村里和外村的亲戚来帮忙的人很多，七八个人八九个人，一锅米汤，家里的女主人给你舀一碗，给他舀一碗，窑后掌也点了一盏煤油灯，挑得旺旺的，屋子里的人坐的、蹲的、站的，实在是很热闹。我喜欢这样的场面，汤也喝得特别香。去给人家干活，吃得心安理得，晚上觉得滋润；给自家干活，工程有进展，心里的喜悦之情难以言表，有一种"达则兼济天下"的感觉，给帮忙的人三番五次添米汤。

　　如今每天都能喝汤了，但是我很少吃早餐，基本保持了农民淳朴的本色，也就是说，食少事烦，嘿嘿。

　　当然，睡不着也不是因为睡衣不合身，我根本就没有睡衣，我白天都没有好衣服穿，晚上睡觉还穿什么衣服呢，浪费。

　　秋天听风，春天听雨，冬天听雪，夏天听蝉，晚上一些蝉也会加班，十一二点还在叫，热传。还有一些鸡半夜三更突然叫起来，我也想过，新时代了，是不是又来了"周扒皮"。

2

　　我就是不想起床。

　　院子里，麻雀在树上追追赶赶，叽叽喳喳，烦人得很。太阳从高窗的缝隙射进窑洞，我看到光柱附近有尘埃在不停地浮动，我担心吸入太多尘埃会死。如今已经没有那么和煦的阳光，我看不到尘埃了。

母亲用一个长杆从外面捅开高窗，嚷嚷着让我赶紧起来，说谁谁谁把柴都砍回来了，谁谁谁把草都割回来了，还有谁谁谁把羊都放回来了。

这时候，有人循声进了院子，说："还没起来啊！"

母亲回道："娃夜晚像是写啥了，半夜灯都亮着。"其实我啥也没写。

柴我当然会砍，可是砍柴并不容易。我们村里虽然有沟，但是柴没长多高就被人砍了。缺水，柴也不好好长。暑假正是砍柴的好时节，那些小伙伴砍了柴后，放上独轮车，两个人在前面用绳拉，一个人在后面驾辕推，汗流浃背就回去了。常年四季都有砍柴的，竞争很激烈，那些放羊的每天回来都要背一捆，羊也放了，柴也砍了，一举两得。但是放羊的大多是灰头土脸的老男人，基本没见过电影《少林寺》里放羊的牧羊女，也没有见过王洛宾的《在那遥远的地方》中的姑娘。我们这些牧羊人，见了人问也不问，好像活着的雕塑。但是，那些老男人的靶子很准，随便拾个土坷垃，想砸哪只羊就能砸准哪只羊。

羊我也会放。

有一年家里专门给我买了一只小绵羊，类似勤工俭学。我把它抱到沟里去放，它开始吃草，我慢慢等，然后靠着山坡，晒着温暖的阳光，睡着了。一觉醒来，我的小绵羊不见了！我跑遍了周围，找了半晌，终于在一个一人多深的山窟窿里看到了，它卧在那里安详地反刍，理也不理我，我看到它后破涕为笑，激动得不得了。

还有一年，家里买了只奶羊，我去沟里放。羊这家伙，吃东西真是慢，一口一口挑挑拣拣的，有时候吃两口停下来还四处张望一番，哪怕我偷偷把它吆到别人的麦苗地里，也是一样的，不抓紧吃。等得不耐烦的我怒火中烧，实在想过去踢它两脚！后来我听说羊尿三泡后就算吃饱了。我就一直盯着羊尿尿，第三泡尿刚落地，我就死活要拉它回去，我真的受够

有人说，劳动者是美丽的，我想，说这些话的大多是不劳动的。

了。一只羊就让我接近崩溃，我当然很佩服那些沉默寡言的牧羊人。

活当然还是要干的。我起床后，早晨从中午开始，午饭也不回去。我戴顶草帽，扛把锄头，冒着烈日去锄地了。冒烈日锄地那绝对不是"作秀"，古人说，"锄禾日当午，汗滴禾下土"，烈日下钯的草很快就会被晒死。玉米秆已经半人高了，锄着锄着，还会蹿出野兔来，刚出生不久的野兔几个回合就被我撵得累瘫在地上，乖乖地让我提住耳朵带回家，把玩几天就把它放了。那时候，我们村里人的思想还是很单纯的，不吃野兔肉，剪了毛的家兔更不吃，哪怕它们把墙钻出再多的窟窿。

也有起来又蹲下，蹲下又起来干的活。秋风飒飒地吹，我穿着夹袄，一镢头一根地在挖玉米秆。玉米棒子掰完后，玉米秆就干了，然后用镢头把玉米秆连根放倒，把每根玉米秆上的土用镰敲打干净后，将玉米秆堆成一堆，最后装到架子车上。夕阳西下，我深一脚浅一脚地把它们拉回院子堆起来。

就这样。

有人说，劳动者是美丽的，我想，说这些话的大多是不劳动的。我，只想实现作息自由。

看电影

　　有几年，村里有些年轻人都在盼村子里年纪大的人去世，尤其是有钱人家年纪大的人去世，因为年纪大的人去世了大家能看电影。

　　盼人去世看电影，村里的年轻人都心照不宣。把自己的快乐建立在别人的痛苦之上不好，说出来就更不好，但是基本是这样想的。

　　放电影的风气传到村里以后，年纪大的人去世办丧事的时候都会演电影。家里穷的人一般演一场，穷人家的亲戚大部分也穷，也就看得了这一场电影了。富人家放得起，亲戚也富，行门户也摊底，三四场或者四五场，一直从天黑放到天亮的也有，能看够。更加殷实的，还请皮影戏和大戏，分两三摊，附近十里八村的人拥来，从村里熟人或者亲戚家端各式各样的板凳，兴致勃勃地看开了。

　　年轻人去世办丧事的时候并不会放电影，那些裹着脚的老太太又爱窃窃私语，神神叨叨地说年轻人的阴魂难散，所以并不希望年轻人去世。

　　葬礼前一天，乐头跟上一群孝子一趟又一趟地从村口把所有的纸扎、食罗、油云、猪头等祭品和亲戚们全部迎接到了棚下。坐完席以后，七八个乐人又吹着唢呐跟着孝子们把逝者的相片请到银幕最前面，摆在一张凳子上，烧上三炷香，又是磕头又是作揖。

　　电影放映机、发电机和放映员多数是用村里马拉的胶轮车接来的，那时候放映员通常会自己骑自行车随后赶到，显得很体面、高雅。

　　随后相扶头又带领孝子走到电影放映机跟前，盘子上摆了两盒烟、一瓶酒、二十二块钱，全场人的目光都向放映机跟前聚，不管是踮脚、抻脖子，也不管是看得到、看不到，都会看。放映机跟前最明亮，因为有全场唯一一个电灯泡。然后相扶头拿了话筒吹两声，开始说话："今晚的电影是女婿富贵、大有，外甥长锁给老人演的……"然后把盘子里的东西递给放映员，放映员要客套地推辞一番后收下烟、酒，把盘子里的钱数一数，收了二十块，把两块钱往盘子里一放，相扶头说："您看得够？"放映员答："够了，够了！"二十块钱的放映费和烟酒都是说好的，多摆两块钱也是沟通好的，经过这么一推一让，显得主人家不差钱，放映员也大气，双方都很有面子。

当然，也有不按规矩出牌的，把盘子里摆的钱全部收完，这就很尴尬。

相扶头也是见过世面的，不管退钱不退钱，事情要继续进行下去，又拿起话筒说："给演电影的磕头！"孝子就跪倒一片磕头作揖。然后又说："给看电影的磕头！"高音喇叭的声音传遍方圆十几里的村子，这意味着电影即将开演，邻村出发晚、还在路上的得赶紧加快步伐了。

孝子们一起身，放映员立刻关了前面的灯泡，放映机的光唰地射到了银幕上，直接就出来片名了，高音喇叭也立刻进入剧情，把观众的目光都吸引过去。

孝子们和相扶们手里分别拿一包烟，给男观众们发，感谢观众捧场。整场电影发两到三次烟的，在方圆百里就会被赞许很久，说人家这事过得大方。

当然，实际上也不是盼年纪大的人去世，就是盼电影，而看电影其实不在于电影的内容。

队上掏钱公映电影的并不多，责任制后公映更少了。偶尔能来一些卖票演出的，找一家围墙严实的空院子，两毛钱一张票。把门收票的都是街道上混的，要么八字胡，要么晚上戴着黑墨镜。两毛钱一般人也付不起，看着有钱人拿票挤进去，对跟自己一样看不起又搁不下的人说："听说这电影一点意思都没有……"但是喇叭过一会儿喊："彩色宽银幕武打片……"搞得人心痒痒。

尤其是几十里外演电影我又去不了的，风把影片的声音断断续续地吹过来，吹到炕头，吹到睡不着的我的耳朵里，实在是让人挂心。那我会一直等到没有电影的声音了，才恋恋不舍地入睡。

方圆一二十里内，只要有电影，村里的年轻人都会成群结队去的，一路都是人。

最怕的是电影刚开始，放映机的灯泡就坏了，然后托人从县城捎。那时候，村里没有电话，没有摩托车，汽车非常少，大家就在电影银幕和放映机周围等。听说晚上捎不回来了，大家成群结队三五步一回头地离开演电影的地方。到半路了又听后头的人说灯泡买回来了，大家又急匆匆返回去，回去的时候，放映员已经把银幕卸了一半了，大家都又像泄了气的皮球，无精打采地往家里走。

其实，认真看电影的大多是些中年男女和孩子。中年男女上有老下有小，地里还有活，难得看一场电影解个闷。

上了年纪的老人不太去看电影，脾气犟一点的宁愿在家看门，即使去了，也是图个人多热闹。坐在人群中木讷地盯住银幕，有些眼神不好，有些耳朵不好，基本是坐完一场电影由家人搀扶着回家。

上了年纪的人更爱看戏一些，在熟悉的戏词里寻找逝去的时光。

孩子们也不一定去认真看，除非是激烈的、口号震天的枪战片，或者刀光剑影的武打片。言情片和戏曲片会把孩子们看得东倒西歪睡在母亲的怀抱里，甚至前排的地上。

要不然，在人群外的发电机跟前看看也行，看看这比高音喇叭声音稍微低一点的发电机怎么用绳子一拉就把放映机带起来。或者围在放映机跟前，盯住看放映员怎么换胶片，更是想等胶片断了，放映员剪下断了的地方，立刻和几个伙伴上去抢，抢上一截后，到了白天照着太阳看，片子里面有一框框和电影里一模一样的场景。

看电影是年轻人约会的好时机。

村里还是很封建的，哪怕是说好的亲事，没有结婚，住到对方家里都会被村里人指指点点的。最易见面的是赶集，但是赶集在大白天，巴掌大的街道，过来过去都是熟人亲戚，一对男女走在一起也会引起很多的麻烦。如果亲事成了自不必说，如果没成，双方再找对象就都有了难度，认为肯定是有什么问题别人不肯嫁或者不肯娶。隐藏一下对双方都有利。所以，青年男女卿卿我我的最好时机就是看电影时，男女都对家人说看电影去了，肯定会在电影场里很快找到对方，然后离开人多的地方。当然，只是在没人的地方诉诉衷肠，倾诉一下相思苦，再深入的事情应该也不会有了，环境和条件有限制。

并不是所有年轻人都能在看电影的时候谈个情、说个爱，只有那些已经有意向的才会有这样的机会。也并不是所有不谈的就没机会，同样看电影没有情谈的也在互相吸引，一旦对上眼，下次再看电影，无论天有多黑，眼里都会放光，都会找到对面的她。但是，真正对上眼而且成功的是少之又少，最后眼看别人大白天吹吹打打娶走了自己心仪的女人。

电影，对那个年代的我们来说，一直都是奢侈品。

生产队的那些事儿

　　人的理想在不停地发生变化和调整，不信你看看身边的人，或者想想自己。

　　当年，我的理想就是坐在胶轮车辕上，把近一丈长的鞭子在空中一甩，叭的一声，像"窜天猴"一样，在烈日当空的炎夏中回响。前面四匹马的头甩来甩去，铃铛像交响乐一样响成一片，马儿个个都一副很卖力的样子，把驾辕的骡子挤来挤去，唯恐因为表现不好而挨鞭子。我戴顶草帽，车上拉着一车刚从地里装好的麦，奔向场里。

　　我就是想当个吆马车的。

　　这一车麦拉到场里也不用自己卸，有一群社员会用权喊着"一二三"把它掀到场里。到地里也不用我装，一群社员抱的抱，装的装，勒的勒，装得好好的，我会背着手指点一圈，弹嫌东边装多了，西边装少了。

　　我只想负责吆车，完全靠本事吃饭。尽管还有比我舒服的人，那就是生产队长。生产队长是队里最厉害的人，我从来没有想过能干到这个级别。至于大队长甚至公社干部，官再大我都没有想过，又不直接派活，隔了几层的干部，也根本不是我的理想。

　　夏天的晚上总是那么短暂，尤其是三夏时节，我还没睡踏实，还没有听到鸡叫，队上的破铃就铛铛地响了。大家都陆陆续续夹着木镰到了大队门口，队长也拿着木镰，给妇女们分配了割麦的任务：谁谁谁去老陵豁，谁谁谁去佛天，谁谁谁去寺西——我说的"去"的后面都是地名，村里的地都有名，这些地块的名儿并不比西安的东木头市、西木头市，甚至粉巷、甜水井、五味什字等的历史短。

有个别男社员也分到割麦的任务，但要用钐麦杆子，是技术活，必须是村里的老把式了。把式后面拉张破席，每一杆子都把麦钐倒，顺势搢到席上，像个小型收割机。席后面通常有个妇女，拉一把十二齿的铁耙，把钐遗留在席外的麦都搂起来，手里还有个木镰，随时把钐麦杆子没有钐到的个别麦割下来。男女搭配，干活不累，能拉耙的女人都是有点关系的，这比割麦要轻松很多。钐麦的把式歇息的时候，拉耙的女人也可以到树下拿帽子扇扇凉。

队长戴顶草帽，背着手，拿把木镰。他在妇女们收过的麦地里巡视，老远就指着几根端端栽在地里的麦喊："你看，你看！收净，收净，遗得到处都是的！"

男女社员必须服从管理，不服从管理就扣你的工分，说扣就扣，根本没有申诉这个程序。

当然，拉麦还有大车，是老黄牛拉的铁轱辘车，走起来咯吱咯吱，不紧不慢，吆牛车的社员几乎能睡着，没意思。所以，我就想吆马车，这个差事既轻松又潇洒，如果顺路看到谁家娃拾麦，我还能居高临下正义凛然地训斥娃几句："要有规矩，队上的财产不能随便拾！"我感觉这个差事仅次于队长。

但是，当时我年纪小，只能按照学校的安排，拿杆红缨枪，站在场口，负责维持夏收秩序，如果发现谁有拿打火机或者洋火准备上场的嫌疑，我和同学有责任也有义务上去让他把火种交给我们保管。看看，村里的墙上，到处有用白灰刷的标语："抢收抢种抢碾打""龙口夺食""防火防盗防破坏""严禁烟火上场"等。

每天站完岗回家吃那些粗面馍我就熬煎，母亲怎么安慰都改变不了我的愁眉苦脸，那些馍真不好吃。与给集体站岗时我吃的东西落差太大，一点也体现不出集体的优越性。但是，第二天我仍然自豪又自觉地站到场口去，我想，我一定是被集体火热的劳动场面麻醉了。

碾麦的时候，我真没有看到哪个活计舒服。十几头牛分到三四个场子，拉着碌碡无聊地在摊开的麦场上一圈一圈扑踏扑踏走，牵碌碡的社员胳肢窝都夹一个等着盛牛粪的笕篱，一点意思都没有。只有黄昏了碾完麦起场的时候有意思，人声鼎沸，几个人推着战车一样的秸杈，那才有热火朝天的劳动气氛。

分粮食的时候，那些队上当干部的，家里孩子少、劳力多的长款户先分，他们分得到粮食堆上最干净的，得意扬扬地装了一口袋又一口袋，垒在一边。我家孩子多，母亲又多病，只有父亲和大姐是主要劳力，年年是短款户，分的粮食少，而且是最后分。最后的粮食接近场底，土多，但还是要用畚斗连土装进半人高的口袋。当时，我就觉得队上的队长、会计和保管员跟课本里大斗进小斗出的地主差不多！尤其是会计，噙个旱烟袋，拨拉着算盘珠子，一会儿说给我家的秤太高了，一会儿嫌我姐没有擦住场装粮食，事儿真多。

麦子分完分麦衣乜是一样，队长安排人在场里把麦衣拨成大大小小百十个小堆，一家三堆，没钱没势的给分小的，有钱有势的给分大的。

生产队上，丰收不丰收都给我家里带不来喜悦，我想，家里人都麻木了。

秋收的时候好像很少用到马车。晚上，几步一哈欠有些瞌睡的我在前面提着马灯，我哥和我姐拉着架子车走在后面，我们一起去玉米地里，我姐在去地里的路上拾了四五根玉米棒子，装进了口袋。

玉米地中间有一大堆白天掰下来的玉米棒子，周围围了一圈人，等待着分棒子。我在旁边看着架子车，即使这么大的场面，也有精细的人，那就是队长。队长不知道从哪里冒出来，从我的架子车上把口袋提起来，在众目睽睽之下把这四五根玉米棒子倒到棒子堆上。我姐一会儿过来，埋怨我没有隐藏好，说得我睡意全无。

队上有的庄稼长得非常旺，尤其是二尺高的黄豆苗，绿旺绿旺的。我冒雨偷着拔了几株，谁知道被不怕雨淋的队长他妈在地的另一头看到了，在地头踮起脚不停地喊："有人偷豆了——有人偷豆了——"我回到家，把豆苗塞到兔窝，兔子还没顾得上吃两口，队长就跑到跟前，把我家的人和兔统统训了一顿，然后拿走了豆苗。可怜的兔子，一年到头贡献好几斤兔毛给我们当学费，一口精料都没吃上。队长他妈的眼神比如今的"天眼"都神。

扯远了。

还是回到我的理想。

马车吆得好，不仅仅是收麦的时候能够耀武扬威，村里谁家嫁娶，马车是免费当花轿车的，吆马车的理应坐上席，有好吃的。我大姐结婚的时候，就哭着坐上了马车，我也挤上去，吆车的一声呼喊，几匹马拉上车轻快地出发了。吆车的去我姐夫家，就坐在上席，姐夫家的人用酒敬来敬去。

我还没有到学吆车的年龄，生产队就解散了。以后偶尔看到一匹骡子拉着半胶轮车庄稼在村子里晃，我觉得一点都不威风了，没意思了，我的理想就发生了变化。

那些当年年轻的、割起麦来生龙活虎的女社员，现在已经成了抱着孙子的奶奶了。

从生产队到前几年，我的理想和职业也在不停地变化着。到了现在，我就这样子了，再没有吆过马车。

我还没有到学吆车的年龄，生产队就解散了。以后偶尔看到一匹骡子拉着半胶轮车庄稼在村子里晃，我觉得一点都不威风了。

村西头的烧砖窑

　　村西头的烧砖窑不知道什么时候被谁平了，没了，只有旁边几十年长不成材的老榆树依然如故。之后，我每次回家路过，总有些淡淡的失落，是看不见的乡愁。

　　烧砖窑在东西走向的土胡同南边的畔上，高出地面八九尺，旁边是一条小路，通向牛角沟。路旁边是麦场，每到收获的季节，场里总是堆满了庄稼。

　　烧砖窑是一个制高点，一大早起来，可以登到砖窑顶上，手搭在额上，向西望一望雁门山，看看有没有云，云是什么颜色，然后就知道今天的天气了，可以安排一天是否要出门或者该干啥活。雨后天晴，雁门山黛色苍茫，如水墨画一般，很美。我曾经多次想去这座山上看看，也许我后来曾经路过。只是，可能在雁门山上看不到我们的村庄。

　　寂静的晚上，站在烧砖窑上，西南的天边尧禾镇一带的村庄明灭可见，就像是诗里"天上的街市"。西北方向的北塬街道还会飘来高音喇叭时断时续的影讯："今晚演出彩色宽银幕故事影片……"东边，偶尔能够看到壶梯山（陕西澄城县境内，与白水县东部接壤）。

　　有一段时间，天刚一亮，有人就在烧砖窑上吹起冲锋号，催大家起床劳动。

　　制成一块砖是不容易的，从黄土的渗湿、浇透，到和成泥、倒成生坯砖，干透后在烧砖窑烧熟才能用。

　　胡同底依势挖了孔土窑，土窑的尽头就是烧砖窑搭火的炉膛。烧砖窑像一个很大的圆缶堆在胡同边上，烧砖窑的中间有个偏门。窑空的时候，从顶向下看，空荡荡的，也有不懂事的孩子玩耍，失手掉下去摔得鼻青脸肿的。

砖窑下面的胡同是砖场。开春，有人就在胡同北边的地畔上浇水渗土，准备倒砖。阳春是倒砖的好时节，雨少，砖干得快，好收拾。这当儿，倒砖的人就开始在胡同底整理篮球场大小的平地，三番五次不厌其烦地往平的整，直到看上去坦荡如砥；再过十天半月就开始在胡同底用镬头掏土，一大片一大片的黄土就会轰然倒塌下来；然后又向上面泼水，继续渗；再过两天，在一个黄昏，可以用泥铲把湿透的黄土一铲一铲地铲成一大堆泥。泥不能太硬，也不能太软，太软或者太硬倒出来的砖都不成型。有时候，需要把泥倒腾两三遍，一直到倒腾匀称，这样倒出来的砖没有夹生，结实。

倒砖是个苦重的活。东方泛亮，三四个人提着三个砖斗和架子来到了砖场。砖斗是木质的模具，一个斗子倒三块砖。一个人给平整的砖场上撒一层草木灰，一个支好架子，把砖斗放上，往斗里面撒一层草木灰，两只手从泥堆自上到下挖一大团泥，把斗子的三个砖模填满，用一根戒尺一样的木条沿砖斗上面一刮，其余的两个人端上砖斗，端到平整的场地上，拿捏匀距离，把斗子扣过去，砖就倒在了场子上。就这样，一个人不停地往轮回运作着的斗子里撒灰、填泥、刮泥，两个人不停地来回端斗子倒。一晌工夫，砖场里就整整齐齐倒满了砖，像一张作文纸。

砖场的一角，主人家的屋里人会及时提来一两电壶热水，泼好茶，放两包烟，歇息的时候品一品。还有把饭菜提到砖场的，省得人回去吃饭费时间。

午后，一两个人用带把的木板，把砖轻轻地拍一遍，让每块砖都棱角分明。再过两三个时辰，把每块砖从地上轻轻搬起来，竖着放，又轻轻用木板拍一遍。傍晚，把这些砖一块一块拾起来，摞到场子旁边，一层又一层，既要透风，又要省空间。一个人又开始铲泥，给第二天的活计做准备。如此，需要十天半月，箍两孔砖窑需要的三万块砖就倒好了，摞在砖场边。

又过几天，在附近一个挨一个重新摞干了八成的砖，这次要比上次密实得多，摞一人多高，上面甚至可以站人，然后用干草苫好。生砖需要一个夏天才能干透，没有干透的砖是烧不熟的。摞的地方非常要紧，要排水好，不管多大的雨，不能伤到了砖。也有因为选址不当，辛苦了半月倒的几万块砖被一场大雨全部冲毁的，那么一家人感觉要晦气好几年，重新倒砖的决心也会被浇灭。

秋天庄稼收完后，就有人开始在烧砖窑里装砖，准备烧砖。烧窑匠是热门手艺人，一窑三万多块砖的命脉全在他的手中，工钱要给好，饭要管好，吃的、喝的，要伺候好。把式烧窑匠一般都是在一年半载之前才能预约成功，把一窑砖交给技术不熟练的"二把刀"，一家人和亲戚都不放心。

烧窑匠烧窑要从装砖入手，好烧窑匠装的砖烧完之后砖全熟了，还很少有坏的。倘若有人图省钱请"二把刀"去烧，装好的窑烧几天，里面的砖就倒进炉膛，最后是一部分烧坏了，一部分没熟。

生坯砖即使干透了，也十分沉重，一次只能背十来块。好几个人轮番把场边的生坯砖背进烧砖窑，烧窑匠开始在窑里面摞，一层一层，很多花样，讲究让所有砖都见到火。

砖装进烧砖窑后，封了偏门和窑顶，开始烧，需要连续烧七天七夜才能烧熟。以前烧砖是用柴，后来才用上了煤炭。有些人为了烧窑攒好几年的柴，那才够烧一窑砖。据说，附近村一个人攒了很多年柴准备烧窑，被人一把火点了。这个人彻底疯了。我上学的时候见过他，逢人就莫名其妙没完没了地说话。

砖烧好了要饮窑，每天早晚往烧砖窑的窑顶担十多担水，窑顶升腾起热气，又是连续七八天。饮过的熟砖是蓝色的，没有饮过的砖是红色的，蓝砖是一个烧窑匠炫耀的资本，烧成红砖的话，主人和烧窑匠都会很尴尬，也许还会互相指责，主人说烧窑匠没烧好，烧窑匠说主人没饮好。

饮完窑十天半月，才可以挖开窑顶和偏门，主人会迫不及待地看看砖是蓝的还是红的。如果是蓝的，那实在是要高兴好久。凉一段时间后，就可以把烧砖窑里的砖陆续背出来了。

出熟砖不需要烧窑匠了，主人一家或叫几个亲戚邻家搭把手就行。熟砖轻了不少，但是棱角会拉手，会把手磨破，砖窑里灰尘也大，背一天砖后，满面灰尘，但是主人心里很高兴。

出了窑的砖一层至二十块，至十层；十层上面再放三块、两块、一块，一垛子是二百五十块，好数。

我上初中的一年暑假，在一个砖厂背砖，无论是往烧砖窑里背还是从砖窑里往外背，一块砖都是两厘工钱。一个暑假，我挣到了十五块钱。开学的时候，学费是十四块钱，我去找厂长要工钱，厂长很爽快地说，学校欠咱的砖钱。然后随手写了一张条子，我拿到学校的总务处，总务处的老头儿把条子留下了。第二天我在教室上课，老头儿拿来一块钱给我，说学费清了，同学们投来了惊讶的目光。

一块熟砖的制作要经过如此多的工序，所以，砖对于那个年代的人而言是多么的珍贵。

烧熟的砖要管好，放在门前经常能看到的地方，等待使用。即使如此，也会有人在半夜三更去偷几块，有的人偷成了习惯，远近都下手，居然可以偷出一堵茅子墙来。天亮发现丢砖的主人会在村里破口大骂一阵子。爱骂骂去，反正砖已经少了。

　　农村好多上了年纪的老人睡觉的时候头底会枕一块蓝砖，有些枕了很多年，棱角都磨没了。枕的砖要在水里渗好多天，捞出来晒干，枕上很舒服，据说败风败火。后来，河套老窖出了一款酒，包装刚好装进一块砖，我去好多农家，看到人们把砖装在这样的盒子里枕，干净卫生，美观大方，相当合适。

　　砖是家里炕上枕的，生活中有了恩恩怨怨是是非非，非常愤怒的时候，用砖去拍人，在村里也是常有的事情。

　　砖有如此崇高的地位，所以，网络上有了"拍砖"这个词后，我感到十分亲切。在网上众多的"灌水"中，"拍砖"倒是显得直率，我忽然联想到一句话："千人之诺诺，不如一士之谔谔。"

　　从西安城墙出入，我经常会想，城墙上那么大的砖是怎么倒出来的，怎么烧熟的，即使现在让我去倒，我仍觉得很熬煎。

　　后来，有了制砖机器，只要一个电话，需要多少砖都会有人送砖上门，人工倒砖成了淡淡的历史。物以稀为贵，砖多了，方便了就没意思了，我们村西头的烧砖窑就废弃了，消失了。

　　唉，村西头的烧砖窑，就这么没了。

唉，村西头的烧砖窑，就这么没了。

做点生意

"穷木匠，苦铁匠，富豪商"，说的是手艺人敌不过做生意的，大概也是"造原子弹的不如卖茶叶蛋的"这么个意思。

不能说所有人，至少是很大一部分人曾经都自我感觉良好，认为自己绝对是做生意的天才，而且会做成功。但是这部分人里的很大一部分最后大多是败走麦城，折戟沉沙，从此相忘于江湖，混迹市井，泯然众人。

前不久，我看《卓别林自传》，卓别林就想过与人合伙养猪的事情，就现在来说，应该属于计划众筹和准备"双创"（大众创业、万众创新）的范畴。卓别林最终还是没有养成猪，连他都没有搞成，说明做点生意有多困难。

1

有一年，在西北重镇白水县尧禾镇念高中的我哥星期天回家来，提了七八个老鼠夹子，他说是从一个专业生产老鼠夹的能手处批发来的，八毛一个，隔几十里山路，在我们这里卖肯定可以。回来他就给我们演示了，往上那么一掰，弹簧非常硬，支好以后用根柴棍轻轻在搭起的铁钩上那么一撞，啪嗒一声，老鼠夹直接就在地上翻了个身，相当攒劲①，老鼠要是踩上去，非死即伤。

我哥去上学后，在一个周末，我们北塬街道逢集，我就背上这几个老鼠夹去北塬街了。北塬街是个好地方，北边是延安的洛川县，西边是铜川的宜君县，东边还有澄城县冯塬一带的老哥来赶会，集会很大，上了会的都会回去给没去上会的人说："今儿的会，人多得怕怕！"也就是说，此处商机无限。

到北塬街后，做生意的和逛街的摩肩接踵。我找了半天，终于找到一块可以下脚的地方，两个席地摆的摊子之间，一边是摆了不少砂锅，一边是摆了不少碗。为了不影响他们两家的生意，我就在夹缝后一点的地方摆开老鼠夹。凑凑合合刚摆好，卖砂锅的就喊："娃，不能在这儿摆！"我假装没有听见。

面前人来人往，有的蹲下来问砂锅，有的蹲下来问碗，有的还挑挑拣拣，在卖砂锅的多次催促我的一个时辰里，就是没有人来问我的老鼠夹。

天时、人和有了，我感觉是地利的问题，于是我把老鼠夹提到他们摊子中间的前面，但来来往往的人好像根本就不看地上有啥，几次差点踩到我的老鼠夹，吓得我几次猫腰护着老鼠夹。这时候，卖碗的在后面喊："娃，你看，你看，小心把我碗踏了！"

我实在是玩不过这两个老江湖，心里愤愤不平：都是生意人，何苦为难生意人？但是我没敢说出口，只是提上老鼠夹另寻地方。

终于在街西头收药材的地方发现了一处地方，我就继续耐心地摆下。然后确实有人注意了，也拿到手里看来看去，问多少钱，我回答："一块二！"人家商量的余地都没有，"贵了！"然后走了。

日落西山，老鼠夹一个没卖掉。一天的生意就这么戛然而止。

回家后我把老鼠夹全部支在屋里屋外，那一段时间，啪啪啪的，倒是夹了不少老鼠。

2

好在我是不屈不挠的。有一年，我觉得卖西瓜这生意能做，就准备产、供、销一条龙搞大。

掐指一算，一斤小麦兑换二斤西瓜，一个西瓜大概是二十斤，我就可以换十斤小麦，一亩地要成上百个西瓜，三亩地一季可以搞十石小麦，相当可观，我们那地，那时候亩产也就是一石左右。

我又到北塬街上买了两筒"新红宝"西瓜种，两个铁筒上面印着色彩鲜艳的西瓜，算了算，平均一个瓜籽的成本也得一毛多。当然，干大事必须有投资。

种西瓜是个辛苦活。

我把平整的地按照计划用锨卷成一垄一垄的，在上面均匀地种上了瓜籽，十天左右西瓜就发苗了，我一下子就看到希望了。之后每天都要去看，几乎把几百个瓜苗都要看一遍，看瓜苗附近有没有滚下去的土压住了瓜苗，看有没有害虫在瓜苗附近活动。

瓜蔓扯开长的时候才是劳苦的时候。每天要去把长了一截的瓜蔓用土坷垃压住，小心被风吹得满地都是，压好的瓜蔓一行一行的，看上去很整齐，一直到收瓜前，压瓜蔓都是每天要干的事情。还有，每天要做例行检查，把瓜蔓旁边横生的蔓子掐掉，不能让它影响主蔓的生长。过后不久就开花了，一条蔓子上要开不少花，隔一截一朵。结瓜之后，只能保留瓜蔓中间最强壮的、看起来有前途的那一个瓜，其余的瓜只要被发现就要被就地摘掉，就连到地里来闲转的邻居，发现了多余碎瓜也有摘掉的义务——"只生一个好""优生优育"，也就是"计划生育"。留下的这个瓜离根不能太近，太近了前面太长的蔓子营养供不到瓜上；也不能太远，太远了根部的营养供应不足，都长在中间的蔓子上了。

那一段时间，我戴顶草帽，拿把铁铲子，在瓜地里认真地管理着这些瓜。

中途，我还给瓜苗的根部上点油渣，上了油渣的瓜甜，施化肥的瓜虽然很大，但是不甜。

西瓜长大了也不省心，隔两三天要小心翼翼地把每个瓜转个身，时间长不转身，挨地的瓜面见不到太阳，是白色的，卖相不好，买瓜的会弹嫌。如果下了雨长时间不转身，瓜挨地的那面就要开始腐烂了，比较令人操心。转的时候用力太猛瓜把就会断了，所以要耐心，要轻抱轻转。

有一天，我听到村里有人吆喝着卖瓜，算了算我种的瓜的日子，觉得我的瓜也差不多能卖了，做生意，图个早。凭经验，在瓜地拍拍打打，摘了一个，果然熟了，红瓤黑籽，很甜。

第二天，太阳一出来我就把弟弟叫起来，拉架子车去地里，摘瓜！摘瓜一定要选择时辰，早上太阳出来一会儿时刚好，经过一个晚上，整个西瓜都是凉的，就像从冰箱的冷藏柜里取的，摘下来能保存的时间长，而且很甜。太阳如果没有出来，瓜蔓上的露水多，在瓜地摘瓜沾两腿泥事小，影响了其他没有成熟的瓜事大；而中午或者下午是不能摘瓜的，被太阳晒了的西瓜瓤是热的，容易坏，也不甜。

卖瓜中午时分最好。太阳越是残火，瓜越好卖。知了在树上聒噪地叫着，人们热得烦躁不安，只要听到有人卖瓜，多半会毫不犹豫换一个。

我们冒着烈日拉一架子车西瓜到了附近一个村，一脸又一脸的汗水啊，流进眼里，流进嘴里，又涩又咸。为了瓜好卖，我还盼望天再热一点，就是"心忧炭贱愿天寒"啊！

我挨个巷道吆喝，不少人纷纷走出家门来换瓜。咱给人承诺：不熟包换！半车瓜换出去后，不一会儿，就陆续有人抱上切开的瓜来退了！我就傻眼了，凭"经验"觉得已经熟好的瓜，大部分是半生不熟！那一个中午基本就给人换瓜和退瓜了。还有看我可怜的人，换回去还是一个半生不熟的，出来跟我说：'娃，还是生的，把瓜糟蹋了，不敢卸得太早了。"他们甚至都不好意思退了。

最后我们把半车生瓜拉回家，喂猪了……

出师不利，饱受打击。现在，我已经记不起那年的西瓜最后是怎么处理完的。

3

在大城市里混久了，县城的老同事们都很羡慕咱，认为咱的关系网应该很密，业余做点生意肯定可以。之后，一个在酒厂工作的老同事就找来了，说可以卖酒，利润很好，搞大了不知道比工资高到哪里去。

当时，一个东西到市场上，要经过出厂价、调拨价、批发价，最后到零售价。老同事给我搞的是出厂价，一算，一瓶酒能挣几十块！

老同事搬来了三箱子酒，一箱子六瓶。为了开拓市场，每箱还送一瓶品尝酒。业余时间我就推了辆自行车，后座上绑了一箱酒开始挨个酒店跑业务，有一种筚路蓝缕的感觉。

到酒店后，我先拧开品尝酒，倒一杯，让吧台的领班闻一闻，想再让尝一尝。脾气好的领班还真的闻一闻，抿一点，说马上联系经理；脾气不好的，直接不闻，好像遇见瘟神一样："走走走，我们这儿不要这酒！"令我很是扫兴。

有的经理果真来了，我赶紧按照老同事说的照本宣科，表示酒卖一瓶给酒店拿多钱，然后服务员保留瓶盖，最后给服务员算一瓶拿多少提成。一些经理也很是支持，让我放一瓶样品在他们服务台的酒架上，客人点了马上给我打电话让我送去，需要多少送多少，我觉得非常合适。然后就放一瓶在他们的酒店，做生意嘛，起码的诚信还是有的。

后来，我没事了就去摆样品的酒店去问有没有客人点，回答说没有。过一段时间我又去酒店问，还是没有。半年过去了，老同事说厂里要盘

很大一部分人都曾经自我感觉良好，认为自己绝对是做生意的天才，而且会做成功，但是这部分人里的很大一部分最后基本是败走麦城，折戟沉沙，泯然众人。

点，卖不了的要收回去。我就一家一家地去把落满灰尘的样品酒收回来，让老同事拉回去了。

酒不好卖啊。

4

我经常要路过一架天桥，天桥的南边，有两个三轮车摊子，摊主一男一女。男的是陕北人，卖炒板栗，经常见他在锅里搅来搅去。女的是陕南人，卖水果，时令性的。我有时候买水果的时候听他们拉家常，天南海北都说，还互相打问当地的风俗，生意做得有意思。

天桥上有"高手贴膜"，买了新手机，我就去贴个膜、买个手机套，看他们很认真，价格也就不谈了，要多少给多少。

桥北边有卖花的，自行车上插满了各种鲜花，一年四季都有，我问卖不了的花怎么办，她说，卖不了的花就枯了，扔了。

最近，路过的时候我就买一束花，为了我的生活更美，也为了卖花的生活更美。

几尺粗布

1

渭北高原地薄，干旱，大多数一年只能种一料农作物，春种秋收。要吃饱，也要穿暖，有点闲地和时间，棉花还是要种的。

粮食产量低，广种薄收，所以好地、平地都要种粮食，棉花一般都会种在边角地畔，或者沟壑的埝（jiǎn）地（山地中一层与上一层之间自然形成的台阶状地貌）。除非是谁家准备腊月给娃娶妻了，必须豁出二亩好地种一料棉花，收了弹好了给女方家送去。女方壮⑳成几床绸子、缎子面的棉被子，结婚的时候给娃当作陪嫁。棉花是农村人婚事里一定要说好的东西，被面子几床，棉花几斤，都是有规矩的。

小块地平常年月的棉花就得年年攒。收获的季节，如果有人顺路见到遗失在地上的棉花疙瘩会赶紧拾了；路过谁家的棉花地，看到开得雪白的棉絮，也会上去急急慌慌撩上几把，鼓鼓囊囊地揣在口袋里回家。

棉花春天下种，夏天长势旺盛的时候，隔几天的大中午，要顶着烈日去地里一个一个掰掉棉花树上长出来的斜芽，掐掉顶上的芽，让营养都到主秆上去。这样，棉花开的花就不会凋落，到时候棉桃会很饱满。

白露前后，棉桃就开始吐絮了，每天后晌可以腾出一会儿工夫去地里零星摘一笼半笼提回家。遇到下雨，常常会为没有及时拾回来的棉絮担心，秋雨一多，棉絮就变黄，甚至腐烂。

棉花晒在芦苇编的帘子上最好，上下通气。晒在土地上棉花就不白了，在塑料纸上晒也是不行的，太阳一晒，上面干了，下面还是湿的。

一天摘一点，一个季节下来，一片地里可以收获三四蛇皮袋子籽棉。隐隐约约记得两次人工弹棉花，要用到很大的弓，弹棉花的男子满头棉纤，眼睫毛上也沾满了棉花绒。他站在没有人睡的炕边，不断地拨弓上的绳子，在飞起来的花絮上弹，嘣嘣嘣地发出声响，满屋子尘土。半天后，女主人就会卷一块弹好的棉花，用袄子包起来。

2

高粱也叫桃黍。

桃黍分两种，一种是直秆朝上长，穗大而圆，收获后可以碾成米，可以卖给酒厂酿酒；另一种是穗子长得跟稻谷一样下垂的，用来做笤帚。

做笤帚的桃黍有的品种是甜的，虽然比甘蔗细，但是如果被村里人发现，很少有能活到收获的，甚至旁边的一片苦桃黍也会被踩倒折断尝了——宁可错尝，绝不漏网。

卖给酒厂的那种桃黍，成熟了被削掉穗后，中间有一段包在叶子里一两尺长的秆儿，剥开叶子折下来后用处非常多：晒干后是白色光滑的，能缝成圆的或者方的箅子，干净轻便，村里人会在上面晒酵面、黄花菜、豆角什么的。邻家的女人看到也会羡慕夸奖："今年又纳了几个新箅子呦。"

这样的秆儿还有一个重要的用途，就是搓捻子。

搓捻子是女人和孩子干的活。

初冬，地里的活基本没有了，女人会从袄子里抓一团棉花出来，带着孩子们围坐在炕上，腿脚蹬在被窝，一人铺一块砖，揪一点棉花，摊开在砖上，把桃黍秆儿放在上面，将棉花卷起来向前搓几下，抽出秆儿，一根一尺长的捻子就成了。不断地重复，一会儿就能搓出一把捻子了，一二十根一把，捆起来。

搓捻子实在枯燥，有的娃故意扯多或者扯少一些棉花，搓得粗细不一或者长短不一，大人会责骂几句，嫌糟蹋了棉花，不让搓了，娃就顺势溜下炕到外面去玩了。

3

男人是家里的掌柜的，即使女人当家，对外男人也是掌柜的。

冬天的炕上，既是休息的地方，也是生产的地方，娃娃和掌柜的挤在一边，另一边腾出一点地方来，摆上纺车。晚上的时候，孩子们睡着了，女人拿几把捻子坐到炕上开始纺线。煤油灯焰在纺车扇起的风里飘飘忽忽，女人右手摇着纺纟，左手捏着捻子，在锭飞快的转动下，抽出长长的线，右手反转几圈，线就绕到了锭上面，嗡嗡嘤嘤，一会儿就成了一个小白萝卜一样的线团了。

不瞌睡的掌柜的，一言不发，靠着炕墙，吧嗒吧嗒抽着旱烟，也许什么都不想。

除了夜晚，刮风下雪天也是纺线的日子，到很多人家里都能见到昼夜纺线的场景。没有人去催促，过年前就是纺线人一年中最后的期限。纺车很少在炕上放到过年，正月里出门，谁家的纺车还在炕上，是会被人笑话的。

小时候，一觉醒来，常常能看到母亲还在毫无睡意地纺线。

纺好的线团放在一起，一个冬季纺了一堆，有时候，看到喜人的成果，女主人还会很自豪地一五一十地数一数。

然后，纺成的线团要用"工"字一样的拐子拐成一团。

4

阳春三月，能看到准备织布的人家把浆好的线挂在椽上晾。纺线车纺成的棉线韧性差，要把用麦面洗成的面水烧开，然后把缠成一团的棉线放进去浸泡揉搓，用一根棍子拧干上面的面水后，晾在空中。

我最喜欢浆线，洗面后留下来的面筋非常好吃，但是只有那么一点不好，就是一人吃不了几口。

把线穿到织布的什^⑳上面，然后把长长的线卷起来搭到织布机上，女人们就上机织布了。唧唧复唧唧，手里梭里的一团线是湿的，随着女人左一下，腰牵着布朝后，右一下，脚来回踩踏织布机底的横木，布就慢慢地变长，在面前卷了起来。

诗人说，劳动是最美的舞蹈。织布的动作至少比广场舞的姿势更多、更丰富。

天亮起来就上机织布，到日头两竿子高了，女人用手量一量，织了不少，便下机开始为一家人做饭。

在收麦前，布基本就织完了。

女主人也许会托人从集会上买几包染料，烧开水，在半人高的小瓮里泡好，把织好的布用擀面杖戳进去，捞出来晒干，就成了带有颜色的土布了，青色、蓝色的居多。然后叠起来，等有机会请来裁缝，给掌柜的或者娃娃们做一两件衣服，隔几年还可能缝床新被子。

据说没有染料前，女人会用草把布染绿，白色粗布很少有人纳成衣服穿出去，会被人说穷得染不起布。

我查过资料，老粗布从采棉纺线到上机织布要经轧花、弹花、纺线、打线等七十余道工序。每道工序用的工具也是非常多，而且精巧，离开一样都难以成功。

从棉花到穿在身上，那个年代女人们的汗水、辛苦、欢乐和青春都渗透在每寸粗布里。

一窝窝好鸡

暖鸡娃暖到二十一天是最激动人心的，毛茸茸的小鸡会陆续啄开蛋壳，从母鸡的身子底下探头探脑向外张望，两只黑圆黑圆的眼睛，非常可爱。有的不能自己啄破蛋壳，母鸡会轻轻啄一个洞，帮助小鸡露出头来。过了二十一天暖不出来的鸡蛋，要么是坏了的蛋，要么是小鸡胎死其中了。

小鸡出世后，主人每天要用水拌一碟小米，放到小鸡旁边，小鸡一啄一粒，一啄一粒，连吃带喝，津津有味。孩子最容易受到小鸡的诱惑，总想去抓一只在手里把玩，母鸡总会发出咯咯咯的怒吼，或者猛地啄一下想要侵犯小鸡的孩子，孩子便是一顿哇哇大哭。

觊觎小鸡的不仅仅是小孩子，还有老鼠。夜深人静，母鸡如果突然惊慌失措地大叫，主人一定赶紧擦着洋火到鸡笼跟前看一下，说不定有一只小鸡在绝望地喊叫着，已经被老鼠从墙缝里拖进老鼠洞去了。母鸡惊魂未定，不知道该怎么办。被骚扰得受不了的主人，会在房顶钉一个大铁钉，挂一个带绳的钩，晚上把鸡笼挂在空中，天亮了再取下来。

春天暖鸡娃好，八九月份就可以下蛋，鸡长大了冬天也好过。秋天暖鸡娃成活率低，孵出不久遇冷会冻死。

乍暖还寒，主人会找个藤条编织的笼，放到屋子里的桌子底下，给里面铺上厚厚的麦秸，拿出十来个精选的鸡蛋放进去，找到一只卧在窝里好久都不太动的母鸡，把鸡蛋放在它的身子下边，母鸡就开始孵小鸡了。屋外气温低，只有放在屋内才合适。鸡蛋不能太多，太多了母鸡抱不严实，遮不住是孵不出来小鸡的。开始孵小鸡后，除了排泄的时候在屋外伸伸腿，散散步以外，母鸡昼夜都卧在鸡蛋上，吃东西也是主人给端到跟前，身子一动不动，有时候会歪着头看看屋里来来往往的人。

小鸡孵出来后，天暖和了，母鸡就会带上小鸡们去外面觅食。小鸡叽叽喳喳的，非常热闹。一砖高的门槛，小鸡上不去，要骨碌骨碌爬好多次才能上去，母鸡既要照顾前面跑得快的小鸡，又要照顾后面上不来的小鸡，急得母鸡咯咯咯地叫个不停。

三四个月后，一窝里面有两只以上长大的公鸡，主人就谋划卖掉或者送给人哪只和哪只了。一群鸡里只能有一只公鸡，有两只或者两只以上的公鸡会斗架，比斗鸡的表演更惨烈。斗鸡有专门人在旁边服务，差不多分出胜负了就拉开了。家里的公鸡们相斗都是凭本事，都跳得很高，互不相容，一直斗到血头烂面，第二天继续斗。如果不处理掉多余的，斗下去会影响安定团结。这群母鸡和这个院子的地盘就是它们拼命争斗的动力。

剩下一只公鸡后，这只公鸡就经常昂首挺胸，带领几只母鸡，在院子走来走去。时不时地，若看到某只母鸡很顺眼，公鸡就从侧面斜着快速跑上去，猛地叼住母鸡的鸡冠，张开翅膀压住，强迫母鸡趴下，用羽毛遮严，和母鸡交配。时间一长，有的母鸡看到公鸡准备扑过来，自己就乖乖地趴下等公鸡来。

闲了，在院子的墙角、树底、草丛里，公鸡带领鸡群刨来刨去，找虫子吃，有时候也吃草、辣椒苗、豆角苗，女主人也会因此发发脾气，撵走它们。有时候，除了正在下蛋的母鸡，其余的也会到村子废弃的院落找找吃的，一些草籽、野生的庄稼，等等。鸡很胆小，不会跑得太远。

正在觅食的鸡群也可能突然遇到空中飞来的一只老鹰，老鹰抓一只鸡后就飞走了。胆大的鸡四散逃窜，胆小的鸡直接卧在地上瘫了。过后几天被吓破胆的鸡腿软到上不了窝下不了蛋。是的，眼看老鹰抓走鸡，人都无可奈何，何况鸡。

几十年前农村人的家里，总要养几只鸡。

院子里，墙上半人高的地方，挖了一排六七个鸡窝，差不多脸盆大小，里面铺着碎麦秸。下蛋的母鸡会飞上去，窝上一个半个时辰，下了蛋后，红着脸，飞下来在院子咯咯嗒、咯咯嗒叫一阵子。日子好的人家，会抓一把玉米或者糜子撒向院中，没有下蛋的也都跑过来抢着吃。家里粮食紧张的人家，会出来把不停邀功请赏的下蛋鸡撵走。

母鸡从窝里飞出，主人就可以去鸡窝里收鸡蛋，收鸡蛋的心情是喜悦和兴奋的。刚下的鸡蛋是热的，贴在脸上非常舒服，尤其是闭眼，放在眼睛上，会有许多遐想。如果孩子们去收鸡蛋，大人要三番五次让把鸡蛋拿牢靠，鸡蛋掉到地上碎了是件令人很沮丧的事情。

收到家的鸡蛋要在屋里凉一凉，热鸡蛋是不能马上储藏的，会坏。鸡蛋冷却后，就赶紧放进专门储藏鸡蛋的砂罐里，也许砂罐里已经有了七八个了。隔几天，女主人会在砂罐里数来数去，门口有收鸡蛋的就随时抱上砂罐出去卖，双方弹嫌鸡蛋大了钱少了，一番讨价还价。

有了一群鸡，日常的花销就靠鸡了。家里用的煤油、洋火、盐，孩子上学用的铅笔、橡皮、本子，偶尔给村里人行个乔迁、娃满月的礼，等等，都有可能是鸡蛋卖的钱。细心的女主人，一年到头能攒一把零钱，逢人来借，会自豪地说，是自己攒的鸡蛋钱。

农家的鸡只有从每年的二三月开始，到十月左右才下蛋，天冷了就不下了。有的鸡也不是每天都下，所以，攒几十个能卖的鸡蛋还是很难的。能吃上鸡蛋更是幸福的事情，平时家里来客人，会在烩面里打上一个鸡蛋，舀的时候尽量给客人把鸡蛋絮舀上，让客人回去夸耀主人把自己很当事。谁家要是添了外孙要给拿几十个鸡蛋，看到谁家女儿肚子慢慢大了，女主人也开始积攒鸡蛋了。

都说狗不嫌家贫，我觉得，自谋生路，给主人创造财富，带来快乐，农村的鸡才是无怨无悔的。

村里一个当兵的当年跟我说，飞行员必须保证每天两个鸡蛋和一个苹果的营养，我觉得飞行员的生活真的很奢侈。

有一次，我和一个伙伴去走亲戚，亲戚家的鸡下了个蛋，同伴迅速到鸡窝里拿了鸡蛋，在院子里的树上一磕，把蛋清和蛋黄一口吞下，我看得目瞪口呆，他把鸡蛋壳扔到了墙外面，给我说，他妈说吃了生鸡蛋治病呢。不一会儿，女主人到鸡窝跟前一看，不见鸡蛋，喃喃自语："这猴鸡，听到叫哩，没下下蛋。"考虑伙伴是治病，我没有给女主人点破。

还有一次，一只母鸡大摇大摆地到村里的小学校园来觅食，我和几个小同学贪玩，轮番追逐，在院子拼命跑了很多圈的母鸡，累得趴在地上，竟然下了一个带血丝的蛋，然后站起来走了，我过去摸摸蛋还是软的，一会儿变硬了，我们拿到村里的合作社，换了几颗水果糖分着吃了。可怜的鸡，给我们带来了快乐和甜蜜。

母鸡如果老了，下蛋少了，主人会把它绑住提到集会上卖了。那时候，很少有人杀自己养的鸡，一是不忍心下手，二是舍不得自己吃。

都说狗不嫌家贫，我觉得，自谋生路，给主人创造财富、带来快乐的，农村的鸡才是无怨无悔的。

穷不离猪

　　开春，逮一对猪娃是最紧要的事情，猪娃就是仔猪。

　　"穷不离猪，富不离书"，把猪像"娃"一样看待，能体会到一家人对猪的珍惜与厚爱。

　　春上，猪娃价格一般比较合适，大部分农民都是春天逮猪娃，一直养到年底就可以出槽，年底正是猪肉需求多的时候，生猪能卖上价。但是春季粮食间断，所以猪娃也卖不上大价。夏粮或者秋粮收成好了，猪娃价就猛增，因为粮食多了，想养的人就多了，猪娃就贵了。

　　猪市在集市外围，说是市，其实就是农户门前与另一排农户之间几百米长的巷道。一些高大的桐树还没有开花，有人早早就把猪娃用架子车或者笼担到猪市。猪市的另一边是牛市、马市和羊市。一些人把母猪和猪娃一起弄到了猪市，让买猪的亲眼看看健壮的猪妈妈，好放心顺利地买了猪娃。母猪躺在地上，太阳照在它身上，那些下了才十天半月的猪娃在一排排乳头前挤来挤去哼哼唧唧，总想多吃几口奶。

　　猪市没有人收税，场地也不收费，门前每天可以落下的不少猪粪，就是猪市农户家的报酬。猪市曾经是我向往的地方，那里的一户人家有个漂亮的姑娘，我去求婚，但是她没有嫁给我。当时我想，如果我娶了她，以后买猪卖猪就在丈人家门口，多方便。可惜，最后没有圆梦。

　　看好了哪对猪娃，可以让半生不熟的中间人上去打听打听，中间人也都是热心人，给发一根烟就开始办事了。后来这些人不再纯朴了，变成吃了买家吃卖家的经纪人，从中间弄钱。买猪娃的看好了哪头，然后跟中间人在衣襟底下用手互相比个价。农村人很爱面子，很文雅，不会像都市人那样在大庭广众下讨价还价，直接说出价格有弊端，出的价太低怕卖家生气犯病；价格出得太高，怕自己吃亏，而且最后让人家笑话。所以都是分头和中间人在衣襟底下比来比去，时而摇摇头，时而点点头，外人不知道谈的什么。中间人三番五次地在买家卖家之间的衣襟底下比好价后，买家掏钱逮猪。也有家底不太好手头紧的，会找个熟人担保，说好几月几日把猪娃钱清了。谈好的事情可能又会絮絮叨叨一阵子。

人不可貌相，但是猪一定要貌相。挑猪很有讲究，毛顺，皮肤光泽好，用脚在屁股轻轻一蹬，站起来跑得飞快，看上去精神饱满，眼睛明亮，这一定是好猪娃。身上的毛乱七八糟，肤色黯淡，躺在那里踢一脚动都不动的猪娃坚决不敢要，要回去就是祸害，弄不好几天就"挂"了，钱就白掏了。更不能买到一窝里下得最早的那只猪娃，胎里就营养不足，如果买回去真不好好长，病多、爱叫唤，一般养一两个月就赶紧出手贱卖给其他人了。

十来斤重的猪娃，用两个笼担起来，听着它们在前后笼里哼唧哼唧，人心情也舒畅，走路轻快，翻过沟就把它们担回家了。

猪娃成了家里的成员，人吃完饭就会去喂猪。把刷锅水倒进猪槽，舀半瓢麸子倒进去搅匀，两头猪娃就扑上去抢着吃。逮猪娃为什么要逮两头？因为两头猪娃会抢着吃，吃起来香，长得快。

桃花一开，阳光明媚的一天，逮回来一个月的猪娃要被劁了，不管是公猪还是母猪，为了长肉，必须做绝育手术。

村里的兽医来了，背一个赤脚医生常背的皮箱，抽完一根烟，打开箱子给针上穿线，拿出刀子的间隙，主人和两个帮忙的早就把猪娃抓住腿提出猪圈按到在地上，猪娃像要上杀场去一样，一直叫到声嘶力竭。兽医开刀，从猪的肚子掏出来一团东西，用针把伤口缝上，伤口上抹一点菜油，又提住轻轻地放进猪圈。另一头猪受到惊吓，得费一番工夫才能在圈里抓住，同样喊喊叫叫，半村人都知道这家劁猪了。

兽医洗洗手，喝一壶茶，吃一顿饭，拿走两毛钱的手术费，胸有成竹地表示手术很成功，然后走了。被劁的猪会不吃不喝躺两天，情绪好了才开始吃食。

再喂两个月后，两头猪大了很多，没事了就互咬，搞内耗，然后是一瘦一胖，不仅费饲料，而且长膘慢，主人这时候就会把瘦的卖了，卖一头就收回了前期成本，或者就要还之前欠人家的猪娃钱了。现在，纯落一头正在茁壮成长的猪。

猪能吃的东西也多了，学生放学回来要给猪拾草，扔进去看猪吃得津津有味，谁都高兴。

猪如果半天在圈内无声无息，人要赶紧趴在圈上看看，猪摇了摇一只耳朵，或者睁开一只眼睛瞄瞄主人，说明猪正在休息。爱吃爱睡的猪是好猪，但睡得不起来吃 或者不吃还不睡，不停地在圈里焦躁不安地转，那么猪可能就病了。主人一家心情也就不好起来，赶紧叫兽医，给猪打针。

猪的吃喝拉撒也影响着人。喂猪是件繁杂的事情，家里如果人多，也会因为谁经常喂、谁喂得少争吵一番，最后去喂猪的看到猪的前蹄踏进猪槽，会拿棍子敲得猪哇哇直叫，顺便把猪骂几句。

到家里来拜访的客人，多数要问问家里的情况，趴在猪圈墙上称赞："今年把猪喂得这么好！"主人在一旁一脸的自豪，又不失谦虚："罢咧，罢咧。"

天下雨，要赶紧去看圈里积水了没，不要把猪窝淹了；圈内脏了，赶紧给铲几锨干土；天冷了，赶紧给猪圈上面盖些草，里面铺些草；猪半夜不停地叫，也要起身去看看是饿了还是怎么了。总之，要时刻关注猪的生活状态，像伺候一个人一样。

　　家家过年都要吃肉，腊月的猪价比较高。找个天气好的日子，到猪圈里用一跟长绳绑住猪一条后腿，拿一根干树枝，左挡右挡把猪朝当初买猪的猪市赶。那里有不少等待杀猪的屠户，比好价后给现钱，一家人会把猪帮忙赶到村外去集会的路上。心软的女人会擦擦眼角的眼泪——养了一年的辛苦，盼望卖猪钱还账，猪要进杀场了……

　　卖到一百多块钱，也算是一大笔收入了。有钱了，可以还一年中欠的油钱、盐钱、药钱等，赊账的时候，人家都知道主人家里有一头猪，有靠头，放心赊了。

　　有了钱，还可以红红火火过个年，手细的人还能攒一点，把钱包了几层，塞在柜底的袄子里，有空了就拿出来数一数，准备给儿子攒彩礼钱，或者给老人准备丧事。这都是必须要考虑的事。

　　猪伴随穷人一年，穷人一年全凭一头猪。

驴的脾气

驴越来越少，像驴一样有个性的人也越来越少。

去过贵州几次，触景生情，每次我都想遇到驴，然后拍个照片发个朋友圈或者微博。在贵州，我一直没有遇见过驴，也没好意思问贵州的友人当地到底有没有驴。

这些都是柳宗元柳河东老先生给我留下的悬念。后来查阅了一下，他老人家写的《黔之驴》中所说的"黔"大概是在今天的湖南西部、四川东南部、湖北西南部和贵州北部一带，这一带我没有去过，我去的是贵阳和黔东南，也许真的是地方不对。当然，他这用春秋笔法写出来的寓言，也是为了针砭朝廷上的政治对手，所以当时的"黔"在哪里当然也不必细究。但是他提到的驴的性格，说的驴鸣和驴踢，只说到了一部分。

驴的脾气就是个"犟"，时髦地说，就是"任性"。

张果老是神仙，他为什么骑驴而不骑马，我不知道。聪明的阿凡提也是骑头驴，他为什么骑驴，我专门在网上搜了，十多年前就有五花八门的答案，提问者、回答者也许跟我和用船把驴载到"黔"的"好事者"一样无聊。

有的说："阿凡提并不聪明，他需要慢慢考虑问题。马跑得快，没等他考虑清楚就到了。还是驴好，一步一步地晃，等到了目的地阿凡提也把问题想清楚了，大家都说他聪明。"

有的说："阿凡提的故事发生在南疆（新疆南部），南疆不产马，所以南疆的主要交通工具是驴、骆驼、牛等，因此阿凡提骑毛驴是很正常的。"

有的说："马卖得太贵了，阿凡提买不起。"

还有的说："驴还纳闷呢……"

不过我觉得，"为什么骑驴"这一问题的答案，除了阿凡提，就只有写阿凡提的作者知道了。

二十世纪八十年代，我家里养过驴，这家伙，真是弄得我们哭笑不得。

当时我家里花了一百五十块钱买回来一头五六个月大的毛驴。我和兄弟姐妹可是从来没有想过要骑它，买它回来是为了干农活的，那是舍不得骑的。我认为除了干农活，骑驴那是欺负驴，驴估计也是这么想的。

在大概半年多的时间里，我算是领教了驴的个性。只要驴心情舒畅，干起活来，耐力是令人吃惊的，基本上能持之以恒地干到我们收工。

驴如果身上痒，就会直接躺到地上快活地打几个滚，滚得满身是土，起来抖一抖，貌似非常爽快。

半夜三更，它在槽里正嚼着硬料——豌豆，会突然扯开嗓子长鸣，洪亮的声音，半个村子里的狗都会被吵得一片汪汪叫，叫声此起彼伏。村里的小儿会被惊醒，大人们会拍拍孩子，抱怨谁家的驴又叫了，把娃吓醒了。

驴不爽的时候会猛抬起蹄子一踢，驴的劲不是很大，只是踢得很疼，很少有踢伤或者踢死人的，被驴踢了脑袋的概率就更低了。驴只有在真的不愿意拉犁耧耙耱的情况下才会在你弯腰挂绳的时候猛然给你来那么一下，如果是马，就有踢死人的可能，而且马很多时候是两个蹄子一起蹦起来踢，杀伤力很大。

不管是拉磨、拉犁还是拉车，驴要是耍起性子来，那真是让人无可奈何。它不愿意走的时候，就一动不动地站在原地，你用再大的劲抽它，它都不动，我见过几鞭子下去身上血痕累累还是一动不动的驴。威武不能屈，驴心情不好，打死都不屈服，这是所有的家畜都没有的个性。要它继续干活，必须静静地等它心情好转了才可以。再犟的牛，只要挨两三下鞭子，都会乖乖地负重前行。马和骡子也都一样，主人需要它干活，鞭子下去，要么继续干活，要么挣脱逃跑，不屈地站着挨打的我没有见过。

在管理上，有一种奖励与惩罚并存的"胡萝卜加大棒"政策，据说源于一则古老的故事：要使驴子前进，就在它前面放一个胡萝卜或者用一根棒子在后面赶它。根据我的观察，有胡萝卜的诱惑，驴应该会向前走，但是用大棒打驴让其向前走，我不知道那是哪里的驴，反正我见过的驴没有被打得朝前走的。

驴作为主要交通工具的年代，日子过得差不多的人家都有驴，如果参照现在车的标准，马如果是"宝马"车，驴应该属于中低档，比如"捷达""普桑"之类的车了。戏剧里看到媳妇回娘家大多是骑驴，唐代诗人白居易在长安任职的时候，也是骑驴回到位于如今的渭南市临渭区下邽镇的老家度假。而在长安周围活动的诗人贾岛也是骑驴，正在"推敲"的时候，骑驴撞上了韩愈韩大人出行的仪仗队，这个"驴祸"让贾和尚因祸得福遇上了韩大人，被韩大人多次提携。但是贾岛也就只是个写诗的料，没有官运，只有这段幸运的经历被载入了史册。

后来，我家的驴因为一次"任性"就被卖了。那是一个黄昏，我哥牵它去村东头的涝池喝水，它不知道哪根筋抽了，挣脱缰绳跑了。我哥沮丧地跑回家，点上马灯跟我堂哥去找了。我们一家人一下子就变得不安，因为这头驴是我们的半个家当，把它丢了就跟天塌下来一样。一直到第二天中午，我哥牵着驴疲惫地回到了家。据说十里开外的一户人家发现驴后把驴拴在他家门前，我哥给买了两包烟后牵走了驴。回来不久我们就把它卖了，我们再也不受驴的气了。

虽然不受驴的气了，我却也不能体察驴的性格了。

看到有段子说"起的比鸡早，吃的比猪差，干的比驴多，睡的比狗晚"，说明驴在劳动人民的心目中是吃苦耐劳的。

在老百姓中口碑很好，又不屈服于淫威，驴在我的印象里那是很有个性的了。以前到农村偶尔还能遇到驴，现在，即使在"黔"，也很难遇到了，没有活生生的样本，不能亲自养驴，是感受不到驴脾气的。

所以，我还是很怀念驴的。

耱地

农活里我最喜欢干的是耱地。

晌午，牛走得比早上来的时候慢得多了，我看了看悬在半空里的太阳，用夹袄袖子擦了擦头上的汗。嗯，是的，是午饭时候了，我觉得该收工了，下来就需要耱地了。耱地是收工前的最后一道活计，尤其是春天，必须耱。春天犁完地后要种秋庄稼，春天雨少，如果不耱地，一晌时间地就被风吹得干透了。没有好墒情，秋庄稼是不好发芽的，即便以后遇到点雨，庄稼也比邻家的低半截。

牛知道耱地是马上要收工了，所以牛和我的心情都很舒畅。牛就很配合地让我挂好耱，我踏上耱，两腿左右跨开，牛就爆发出强大的力量，准备完成这最后一道工序。

如果地很长，不需要牛很快掉头的话，跨在耱上，我可以唱几句戏或者吹个口哨。牛拉着耱，耱载着我，站在耱上不费吹灰之力就能把活完成，当然是很舒服的了。旁边邻居有的因为牛太小拉不动大人，就让放学后赶到地里来的小孩躺在耱上，耱地的时候尘土飞扬，孩子也得忍了，不忍的话，大家都回不了家，吃不了饭。

耱地也是个技术活，跨开的幅度，站的前后都大有讲究，要适时微调。有时候，牛会耍点小聪明或者牛脾气，到地头会直接拉着耱和我准备向回走，我就狠狠地拽回缰绳。在耱地的时候我会站得很靠前，甚至在耱上拥出一堆土来，牛头深深地嵌进牛肩，牛艰难地朝前走。我在耱上甩开鞭子吓唬它，最后，它不得不服我，再也不在地头捣蛋了。看它可怜的时候，我会朝耢后面站一点，让它拉上我既轻又快地朝前走，但是这样耢出来的地不平整。如果墒情好，耢到地头要把耢抬起来用打耢的木槌敲一敲，让耢上沾的土掉下来，耢变得很清爽，耢出来的地就好看。

耢地的前一道工序是犁地，春天或秋天犁地后马上要种地，每晌犁完就耢。但是也有犁地后不耢的，那就是麦收后的麦茬地，为了让麦茬更快地腐烂变成肥料，麦子收完犁的地是不耢的，夏天会有几场好雨，犁好不耢的地可以积蓄更多的雨水。

春秋犁地的农民，从家走的时候一定是犁和耢同时带上的。爱护牲畜的一般都是这样做的：让牲畜拉着犁，自己一只手扶着，另一只手用木槌把耢背在身后。也有懒汉，让牲畜拉耢而自己扛犁回家的，耢会在地里磕磕打打绊破牲畜的后蹄子，有时血会滴一路，令人心疼。也有特别懒的，直接把犁放在耢上，自己一手叉腰，一手拉缰绳在后面催促牲口，一副悠然的样子。

要耢好地需要一副好耢。上好的耢是用耢条编成的，其他如用苹果树条等编的都次之。耢条以长了五六年的枣刺为原料，三伏天砍的耢条最好。要找好耢条必须去深山大沟，我们村尽管有沟，有小溪和遍地的野草、枣刺，但是人能到的地方都被砍伐殆尽了，能做耢条的寥寥无几。只能到远一点的、很少有人去的地方砍。

砍耢条需要镢头和砍刀，最好是戴一双厚厚的好手套，找合适的，挖下来后，砍掉枝丫。有经验的老农数过，做耢需要六七十根枣刺，但是采的时候最少需要百十根，因为在制作中有的就折了，还要留几个，为以后耢突然坏了需要更换时做个储备。

做耢的过程我们叫别耢，木匠做三道六尺长的长木条，五条二尺长的短木条，钉起来做成个长方形框子。三伏天采回来的耢条水分大，韧性好。两三个农民，找个树荫处，把耢条放到麦秸火上来回烤，烟雾缭绕中，烤热的耱条在老农满是老茧的手里变得十分柔软，几下子就拧成麻花一样，缠到木条上来。两顿饭的工夫，耱就在主人和帮忙人的欢笑声与敲打声中做成。

一个好耱可以用五六年工夫，拥有一个好耱也是很值得骄傲的，会不断有人上门来借，主人可以根据关系亲疏考虑借与不借。

我前不久回家，跟伙伴去沟里看了，我们曾经天天去抬水、割草的沟被荒草"淹"得没有路了，能做耱条的枣刺密密麻麻的。可是，我已经不需要了。那些会别耱的老人也一年一年在减少。

牛已经很少了，问了问村里人，没有人调教，会干活的牛更少了。

那些地依然是春种秋收，但是没有了牛，没有了耱，也没有了我，跟地对话的，只有匆匆而过的机器。

那些地依然是春种秋收，但是没有了牛，没有了糖，也没有了我。

场

　　场的大小、好坏，直接关系到一年庄稼的收成，所以渭北高原的场是专门的场，不在上面种庄稼，除了碾打晾晒庄稼外，就是堆大大小小的秸垛和柴火。

　　场的地势还是有讲究的，要在风口，扬场的时候风利，收获的粮食干净。还要利水，不能一下雨收回来的庄稼就泡在水里。

　　说到场，必须说碌碡。根据功能，碌碡的形状是不大一样的——碾打粮食的碌碡是两头尖，中间圆的，碌碡面上有一道一道的棱；轧场院的碌碡是圆柱形的，表面光滑，这样轧出来的场院很平整。渭北高原的窑洞上也有类似的碌碡，不过要比轧场的小一些。天下过雨后，两个人要拿个木质的夹子，搭在碌碡上来回轧窑洞上面，这样，下雨的时候窑洞上的水就会很顺畅地流下而不渗入窑洞。

　　小麦快要成熟之前，油菜总是先熟。油菜和其他庄稼不同，变黄的时候就要开始收，收回去要堆在场里放几天，让菜籽吸收了秆上的全部营养变干后开始碾打。油菜不能在全黄或者变干时收获，这样油菜籽会洒落在地里，产量大减，且地里会长出好多浪费水肥的油菜叶。因此，场要在油菜收获前就轧好。

　　每年一开春，家家都会吆上牛、马、骡子、驴把场耙上两遍，等待雨的到来。渭北高原的雨非常珍贵，尤其在青黄不接的三四月，一场雨简直就是一场油。要是不抓住雨后的黄金几小时，太阳一出来，场就轧不好了。一夜小雨，天一蒙蒙亮，我总是被家人喊起来，迷迷瞪瞪的，便知道要去轧场了。这时候，家家户户都在晨曦中拉着碌碡咯吱咯吱转了。

轧场的碌碡有我大腿高，拉起来挺沉。必须是两个人来回不停地一遍一遍轧，轧场是不能使用牲口拉碌碡的，牲口的蹄子会踏坏场。太阳悬在头顶，家家户户都收拾了工具往回走，我们家的场也基本轧成型了。回到家里，扔下碌碡夹子我就直接倒在炕上，不想吃饭，很累。

要轧出好的场，总是要轧个三四回，一直到平整、光滑、硬实。这样，庄稼碾打后尘土少，小石子之类的杂质也少。如果整个季节都没有雨，就要担水把场泼几遍，然后再轧。

记忆里很清楚的就是这些包产到户后的轧场了。再之前，我隐隐约约记得人民公社生产大队的大场，但是不记得是怎样轧成的。只记得收麦的时候，一群群马拉着的一辆辆装满地里割下小麦的胶轮车，响着哗啦哗啦的铃声飞驰而过，向大场奔去。还有老牛拉的铁轱辘车，拉着麦子慢慢悠悠咯噔咯噔向场里迈。村里破旧的墙上有白灰刷成的标语："抢收抢种抢碾打""龙口夺食颗粒归仓""防火防盗防破坏""严禁烟火上场"……一看标语，人不由得就很紧张地投入一年的收获中。

二十世纪七十年代，我和同学戴着红领巾拿着红缨枪，站在场口，一副威风凛凛的样子，检查上场的人是否带了烟火，是否把场里的麦子私自带走拿回家。

收获完后，队里的粮食都入仓了。场里堆起了一个个几丈高、形状像香菇一样的秸垛。生产队粮食收获的多少，其实与我家好像关系不大，我家人口多，但是我们都小，只有父亲一个硬劳力，年年都是短款户，忙死忙活，一年到头总是欠生产队的工分，粮食几乎是年年要借，而且是一斗两斗地借，有时候母亲流着泪也不一定能借到。

我对生产队大场的印象就是觉得大、壮观。还有1976年唐山大地震的时候，全村人都去场里，用玉米秆搭了"人"字形的棚，在那里避过几天灾，仅此而已。同时，我总是认为队上的会计就是课本插图里大斗进小斗出的地主，对他们没好感。因为，即便是分些收获后用来烧炕的麦衣，会计都要根据关系亲疏分得大小不一。

我最喜欢的是包产到户后在场里晒粮。忙碌了好多天，劳累过去了，粮食要归仓了，有了收获的喜悦，各家各户都在场里摊开面积大小不等的粮食在烈日下晒。过一个小时用木耙把晒的粮食搂在一边，让粮食都翻个身，都晒到。抽空，我就拉个帆布口袋，躺在树荫下跷着腿，看着树叶随热风轻轻晃动，还要不时瞄一眼两眼，防止不知名的鸟儿过来吃粮食。

场里，有喜有乐，有哀有愁，写下这些文字，是因为场已经越来越少，甚至消逝了，遂记之。

场的大小好坏，直接关系到一年庄稼的收成，所以渭北高原的场是专门的场，不在上面种庄稼，除了碾打晾晒庄稼外，就是堆大大小小的秸垛和柴火。

收麦

布谷鸟叫起来的时候，麦子就快熟了。

有人说，布谷鸟是在提醒"算黄算割，不掉不落"，这个调子有时候能听到，有时候还能听到"布谷——布谷——"的叫声。我不知道鸟语到底是什么意思，一样的鸟虫，在不一样的环境发出不一样的声音。比如蝉，有一直喊着"吱——"的，还有的"吱呀——吱呀——吱呀——"地鸣。它们在表达什么我不清楚，不过这么叫着叫着，麦子就熟了，"麦熟一晌，蚕老一时"。

黎明，鸡叫了三遍，生产队的铃声就响了。一个村子有好几个生产队，但是每个队的铃都不一样，多半是用不成退下来的犁铧，但是各队的铃声社员都耳熟能详，有的至今还在使用。队长从南到北敲一圈铃后，各队的社员都陆陆续续拿着木镰和形形色色新旧不一的草帽来到了大队部或者请示台跟前，等待队长分配任务。木镰是专门割麦子、糜子等一类秆儿比较软的庄稼的工具，"7"字形状，非常轻巧。手艺好的木匠每年收麦前要做大量的木镰、木杈等出售，一把好木镰能用个七年八年的。而木镰刃是铁匠经过多次锤炼，蘸了钢水打造的。收麦前，社员都把木镰刃一磨再磨，为的是割麦的时候省力些。

还有一些有技术的男劳力，一脸自豪地噙个旱烟袋提着钐麦杆子也来领任务了。钐麦杆子是两平方米左右大小、用细竹芯编起来的类似一个大篮子的农具，半圆形，周围都是轻而结实的木头做的，右边是手柄，左边安一米左右长的刀刃，刀刃两头的木框上拴上足够长的绳子，左手牵绳右手提柄，从右到左一下子能割十多行麦子。这些技术人才都是大佬，村民都尊称他们"把式"，他们到地里钐麦就像一个个小小的收割机，一个人的收割量顶两三个妇女。队里男劳力要做一些体力活，吆马车或者牛车，把妇女收割的一堆堆麦子装上车，拉回场里去碾打。

割麦，一定要起早一些，虽然地里有些潮气，麦子不太好割，但比起顶着烈日在一望无际、没有一丝风的麦田里割要凉快好多，麦粒也不容易脱落。割得快的妇女总是那些没结婚的黄花闺女，手脚麻利，她们基本领头，占了五六行麦地朝前飞快地割起来，身后就有一小堆一小堆割下来的麦子，而两边的妇女也各占几行，把自己割的麦子放到领头的麦堆上。工分是按照行数来计量的，行数越多工分越高，队上的干部拿个记工本，踱着方步慢慢腾腾来背后数数，在本子上记下名字和行数。可憎的干部还要走一段收过的麦地，训斥一下割麦的妇女，说一根两根麦子没割下来，麦堆放得不整齐。也有因为播种的时候麦行重叠等问题出现割的时候不好算账的情况，也就有了一行两行麦子孤零零地站在地中间，引起妇女的一阵对骂。这也能理解，天热、劳苦，虽说劳动光荣，心底里，谁不觉得累呢？

相比来说，妇女割麦是非常干净的，技术再高的钐麦"把式"，总是要遗漏不少麦子的。钐麦"把式"收麦，除了游刃有余地掌握手里这个很大的钐麦杆子外，腰里还要绑根绳，拉一张破席，每一杆子麦都稳稳当当倒在身后的破席上。而破席的后面还有一个妇女，等破席上收满麦子，她就赶快上去帮"把式"把麦子翻倒在地上。其余的时间，她就是拉着有十二根像手指粗的铁齿的耙子，把钐麦后遗漏的零散小麦来回拉成一团，倒在麦堆上。那时候，队里收麦，一般都需要个把月。

我没有给队里割过麦，我那时候还小，不过我莫名地喜欢那样轰轰烈烈的热闹场景，包产到户后我甚至还有些莫名的失落。

队上收麦，小学生也是闲不下来的，每一片地的麦子被胶轮车拉完后，学校都会组织拾麦穗。太阳毒辣辣地挂在天空一动不动，我口干舌燥，脸上的汗水不时流进眼睛和嘴里，涩涩的，咸咸的，麦子还是要一穗一弯腰地去拾，将麦穗的头都朝一个方向摆，绑成圆圆的一把。麦穗真的不好拾，一天除了两顿饭的工夫，我也只能拾个两三斤。黄昏，学生们将拾到的麦穗一起背到麦场里，老师一一称过之后，解开散在场上。我总觉得老师手里的秤不准，或者没看准，我不应该拾那么少，但是我不敢说。学生拾过的麦地，还有裹脚的老太太继续拾，一个麦收季节下来，拾几斤净麦粒，是额外的收入，可以心安理得地拿去换西瓜吃。

包产到户时，我已经长大了，割麦是必须的。可是，割麦并没有诗人写的那般诗意，麦浪在热风里翻涌，太阳挂在头上暴晒，我还不得不弯腰一木镰一木镰去割，一点点浪漫的感觉都没有，反而觉得自己就是蒸笼里的红薯。自己的活必须自己干，比生产队快多了，半个月左右麦子就收完了。后来有了能把麦秆直接割成一排的收割机，我们只需要卷起来装上车拉回家就行了。

二三十年来，眼看着，我们已经把延续了几千年的手工农耕放在了时代的角落。木镰、铩麦杆子、胶轮车等，已经很少见了。如今，联合收割机两三天就把一个村子的麦子全部收完，装回家的就是麦粒了。

生活是无情且沉重的，那些曾经在地里戴着草帽生龙活虎割麦的黄花闺女们已经纷纷成了奶奶，满脸的沧桑；拾麦穗的裹脚老太太也带着苦难成了一把黄土。

生活是无情且沉重的，那些曾经在地里戴着草帽生龙活虎割麦的黄花闺女们已经纷纷成了奶奶，满脸的沧桑；拾麦穗的裹脚老太太也带着苦难成了一把黄土。

军用水壶

那些年，我一直渴望能有个军用水壶。

村里有军用水壶的同伴屈指可数。他们的水壶都是墨绿色的，其中有的成色并不怎么好，有些地方已经摔得瘪进去了。曾经在我非常口渴的时候，同伴把水壶递给我，我拿起来喝过几口水，水壶轻轻的，但是里面好像能装不少水。其实，我并不是想拥有那样的壶来炫耀，而是我拾麦穗的时候没水喝。没军用水壶的同伴有的用医院打吊针用的瓶子灌水，用绳子系上，晃里晃荡提到手上，拾麦穗的时候放在树荫底下或者地头，即使是这样的瓶子我也没有，因为当年打吊针的人不是很多，瓶子也比较难弄得到。吊针瓶子虽然能装水，但是很重，也没有哪怕成色不好的军用水壶气派，所以我想要这么个壶。

我总是很羡慕烈日炎炎下在麦茬地拾麦穗时，拿起军用水壶仰起脖子咕咚咕咚喝几口水的同伴，但是我没有，很多年来一直没有。终于在2013年，一位女军人和一位军人的家属分别给我送了一个。

还是人民公社生产大队的时候，八九岁的我一大早就到学校集合，然后随老师和同学们浩浩荡荡去麦茬地拾麦穗。大家一字排开，在割过的地里弯腰"扫荡"，抓住遗落在地里的小麦穗子下端，拾成一把一把，两只手捏不住了就捆成一小捆。太阳高高挂在头顶的时候，我们就反过身去拾身后捆成的或多或少的麦穗。中午回去吃完饭，稍事休息，下午又要顶着烈日继续拾麦穗。说是吃饭和休息，饭是难以下咽的黑馍，然后就是盐和几乎没有油的干辣椒面。所以吃饭对我的吸引力并不大，我就是一心想要

有时候穿鞋底后面
已经磨出一个洞的鞋，
垫点东西在鞋里，也许走
一走垫的东西就从洞里溜
走了，麦茬会从洞里穿进
来，刺疼脚后跟……那些
都算不了什么，我还是想
要军用水壶。

这么个军用水壶，在拾麦穗时解渴。

拾麦穗的时候，我总觉得太阳挂在头上一动不动地照着我，地上连自己的影子都看不到，脸上的汗水流进眼睛，涩得睁不开，嘴里也都是咸咸的汗。一望无际的麦茬地没地方乘凉，即使地头有棵树，我们也绝对不可以拾一个麦穗去树下乘一会儿凉。要在密密麻麻割过的麦茬地里敏捷地捡起麦穗来，整个夏季，我的指甲盖周围都是被麦茬戳的小伤口，出汗了很疼，出血的时候，就抹些地上晒得滚烫的土。麦茬地非常费鞋底，一双新布鞋，拾完一季麦穗，鞋底就毛了，不耐磨了，所以拾麦穗的时候常常穿旧一点的鞋。有时候穿鞋底后面已经磨出一个洞的鞋，垫点东西在鞋里，也许走一走垫的东西就从洞里溜走了，麦茬会从洞里钻进来，刺疼脚后跟……那些都算不了什么，我还是想要军用水壶。

我背着用绳子捆起来的一捆捆麦子，摇摇晃晃地跟着老师和同学来到热火朝天的大麦场，这里有几百人正在辛勤劳作。

我拾了一天的那七八斤麦穗在老师的杆秤下，还有点成就，记在本子上成了工分。拆开麦捆撒入摊了一场的麦子里时，我拾回来的麦穗真的是沧海一粟了，突然的落差，就让我想仰头灌完一军用壶的水！

不拾麦穗了，不仅仅是我，很多人都不拾了，拿镰刀的乡亲越来越少了，联合收割机转一圈后，麦粒就拉回去晒了，已经用不上军用水壶了。

六月麦上场

    抢收小麦的节骨眼，天气预报里模棱两可的"局部地区"总是让人捉摸不透，全省各地的天气报完，加个"局部地区有暴雨"或者"局部地区晴天"，村里大概就是人们不愿意看到的"局部地区"了。其实，有时候，听预报还不如看看远处的山或者身边的鸟，或者背一两句谚语更灵验。大热天，一阵冷风从北边吹来，不用说，暴雨就要来了。眼看着燕子几乎贴近地面慌乱地飞，远处铺天盖地的乌云不久就会夹杂着雷声涌过来，必然是一场瓢泼大雨。"早烧不出门，晚烧一天云"，说的是一大早起来看到东边火烧云，今天肯定下雨；黄昏看到火烧云，明天肯定是多云。

    六月的天，就像娃娃的脸，说变就变。收麦时节，如果把握不好天气，自己劳累，庄稼受损。

    满天的星星在空中眨巴着眼睛，明天一定是晴天了。太阳刚冒出山头，有人就在场里的麦垛子上用两齿铁耙子挖开了。这些收割回来的麦子可能已经晒过一天了，需要摊开来晒半天碾打。一个麦垛子要用耙子分成很多小堆，拖到场里的角角落落，然后用四齿的木杈挑开来，让麦子通风透光，麦秆和麦穗都能晒得到。两个人，大半晌时间，一场半腿高的麦场就摊好了。正午，太阳火辣辣地晒着场，戴着草帽的农民一脸满足，不时折一折麦秆，看晒得怎么样了。

    太阳照得人没了影子，就可以摊场了。把撑好的麦子挑开，一杈一杈摊半尺多厚，直到摊成非常大的一个圆麦场。人牵着牛拉着碌碡就上场了。牛的性情相对温和，力气大，耐力久，农活中使用比较普遍；骡子和马爆发力强，速度快，但是耐力不足，而且脾气暴躁，容易伤人；驴则是想干了便很顺心地拉碌碡、拉磨，一路小跑，不愿干了任凭你鞭子怎么抽打，它就是站着死死不动，太过愤怒了还会挣脱缰绳跑得无踪无影，不愿意回来。

上场的牛嘴上要戴一个榆树条编织的笼嘴，我们叫"牛愁"，戴上这东西牛确实很愁，难以随时偷吃正在碾打的小麦了。牛脖子上面架个跟头，跟头两边的绳绑在碌碡架子的两边，拉着碌碡咕噜咕噜朝前滚。牵牛的人左手牵着缰绳，右手拿鞭子，还要在胳肢窝里夹个笊篱。笊篱是藤条编的，一个小藤盆一样，带两尺长的把儿。碾打中，牛撒尿是没办法的事情，但是牛拉粪一定要盛在笊篱里，让场外的人倒在庄稼地或者粪堆上去。牛把粪拉到正在碾打的麦场是一件大人们不能容忍的事情，因为这样一片麦子就会沾上牛粪，不干净。最差的补救办法就是粪拉到麦场时，赶紧用麦草捧起来倒在笊篱里端出场去。

骄阳下，一场麦子全部碾了一遍，平平整整的，这时候，牛就可以在场边的大树下歇息一会儿了。既累又困的牛，可能一下子卧倒在树下，一语不发地反刍。精力充沛的牛，趁机在路边吃几口青草。这时候，三两个人就赶紧用四齿木杈把碾过的麦场翻过来。翻完后，牛又拉着碌碡开始碾了，这一遍碾完后，碌碡就卸在场边，牛就可以回圈里去了。

场碾完了。

场上的人要用四齿木杈把碾好的麦秆挑起来腾一遍，麦粒就腾在了地上，麦秸挑成了一堆堆或者一行行。如果有战车一样的秸杈，数十秸杈就能把一行行麦秸全部铲到场边。没有秸杈的只能用四齿木杈一下一下把秸秆铲到场外堆起来。

随即，用六齿木杈把整个场上面遗漏的麦秸拾一遍，再用十齿的木杈

六月的麦场就像
战场，输赢，在天，
也在自己。

拾一遍，场上剩下的就是麦衣和麦粒了。

一米长的一块木板上横着安了一个把儿的农具叫推耙，用它把一场的麦衣和麦粒推到场正中间卷起来，扫帚跟着推耙后面扫，场中间堆起一大堆麦衣和麦粒的时候，场上面也干干净净了。

包产到户后，每家都碾出一堆的麦衣和麦粒。黄昏，碾完场收工回家吃饭了，但是，扬场的大事还在等待着主人重新上场。

一阵好风要等夜静的时候才有，尤其是黎明。扬场没有风，蹲在场边的农民会不停地唉声叹气。稍稍有风的时候，吃饱了饭又来连续作战的老农民向手心吐两口唾沫，攥起木锨开始扬场了。风在吹，远处是飘得长长短短的麦衣，近处是哗啦哗啦掉下来的麦粒，麦粒旁边还有人要不停地轻轻扫麦堆上面的麦衣。

天又亮了，麦衣推到场边去了，主人总是高高兴兴地用木耙把这一大堆麦粒挖开来，铺满半场，上面用木耙拉出了各种各样的形状。丰收了，今年的小麦丰收了。一阵说说笑笑后，大人下场去休息，孩子们开始照看晒在场里的小麦。

"天有不测风云"，麦子收割到场里后，随时都可能被雨泡，刚刚把垛子挖开到全场，雨来了，十万火急又垛起来，捉弄人的天又放晴了；刚刚把麦子全场摊好了，一场大雨，来不及收拾，下了个湿透，需要三四天才能晒干；场碾了半截或者刚碾好，下雨了，秸秆和麦粒全部泡在了水里；遇到连阴雨，要么堆在垛子上的麦子发芽，要么捂在塑料纸下的湿麦子发霉。

六月的麦场就像战场，输赢，在天，也在自己。

麦囤

　　农家是否殷实，要看他屋里有没有麦囤，麦囤的高低直接决定给娃说媳妇的媒人的多少和媳妇的质量，也是农村人给女子寻婆家的重要标准。

　　"粮食就是粮'势'，有粮就有势，字不一样，意思是一样的。"初冬的暖阳洒在村子的南墙上，村里粮食囤得比较高的一家人和我一样靠着南墙晒太阳，但是他们一边嗑着没炒的葵花子，一边像是朝天说话，瓜子皮吐得还很远，能听出他嗑葵花子的声音没有嗑炒出来的瓜子清脆。

　　手里有粮，心里不慌，粮食多了才用囤。农村人就喜欢把男娃叫个麦囤、宝囤、发囤、拴囤、长囤、掌囤等，希望把粮食囤得大大的、高高的，让娃一辈子不缺吃。所有的粮囤中，麦囤的地位最高。

　　人民公社最后几年的一个春天，我去村里的仓库借粮，仓库是一排面朝东很深的六孔窑洞。保管员打开锁子，我看到其中一孔窑洞的角落倒了有两三石糜子。我从那里借了两斗糜子，要度过春天。这是我们三队人的余粮，没有用囤装。大部分人缺粮，有点关系的能搞到救济粮，或者返销粮。我感觉村里靠这点糜子，跟断顿也就是一步之遥，但是队里的干部胸有成竹，说就等新麦了。

　　越穷的日子，地里越贫瘠。农家粪没有多少，攒的几车粪都用在好一点的地上了，地里的庄稼秆全部收拢回家，喂牲口、烧火，地里收拾得比脸都净，一点腐烂的草都没有，没有肥，庄稼也就不好好长了。麦子比脚背能高一点点，一年的收获也就是比成本多了一些。

　　分队的前几年，地里的庄稼一样不好好长。有了化肥的时候，也不是随便能买到的，一二十亩地，能分到一二十斤的尿素票，凭票供应，供销社的销售员拆开一个整袋子让我舀，舀五六瓢，销售员看着磅："多了！"我赶紧舀出来半瓢，"少了！"我就再添少半瓢，吊在空中的磅砣哐当哐当晃荡了几下，好了，我背上袋子走了。给十几亩地上这么点尿素，就像在一锅菜里调了几粒味精。

麦场里堆了几口袋粮食，还有一堆没有装的粮。口袋并不是那么多，口袋外的这一堆要用口袋分几次装了拉回去，再倒进屋里的粮食瓮里，瓮里装不下就在屋里显眼又不碍事的地方插个粮食囤。三尺多高的席子，围成一个圈，用绳子从席子的腰间绑住一圈。

不论收成如何，麦子收完了先要缴公粮和购粮，麦子一返青，村民小组的干部就把公购粮簿发到户了。公粮就是农业税，种地纳粮，这是老人都一再教育孩子们的。粮簿上面写着需要缴的公粮钱数和购粮斤数，是按照每家地亩数摊的。虽然写的钱数，但是粮食短缺，完成任务要用粮食缴纳，公粮一斤一毛八分钱，购粮根据等级钱数不等。麦子一收，各村的墙上随处可以看到不知道谁用石灰水刷的"踊跃交售爱国粮"。

我在前面牵着牛，两根绳拴着架子车，父亲驾着车辕，架子车上躺着两口袋半粮食，口袋有半人多高，能装百十斤粮食。牛不紧不慢地走，我抓着缰绳只是给牛带个路，不让牛停，快慢由牛，要走两个多钟头，才能到乡上的粮站。我就是那么的经不起跋涉，一路都觉得乏困饥渴。

粮站内外已经是车水马龙，水泄不通，各种各样的架子车和牲口，在人的吆喝声里熙熙攘攘。人们找个空地把口袋堆到地上，赶紧满脸堆笑找到并跟在忙得不可开交的验粮员身后，请他过去验自己的粮食。验粮员在缴粮人前呼后拥中来到口袋跟前，用一个转一下就开，再转一下就合的验粮器一下子插到口袋中间，提出半把麦，飞快地向嘴里塞几粒嘎嘣嘎嘣一咬，又把验粮器插到口袋深处，将提上来的麦子再咬一咬，在小本子上歪歪扭扭地画上个"2""3"或者"筛""晒"，撕一张纸扔在口袋上，然后就被其他人拥着走了。

"2""3"是二级和三级，"1"是一级，几乎没有见过。"2"应该是缴粮非常好的结果，"3"也是满意的。"筛"是要过粮站的筛子，筛完会折分量，有点扫兴。"晒"是最令人沮丧的，是要拉回家去继续晒，晒好下次继续拉来缴。扛起口袋，踩着斜放在粮仓里粮食上的木板，把粮食倒进那么多的粮食中才算安心了。

两口袋半粮食，缴了公粮，完成的购粮能拿到几块或十几块钱。

后来一些人家的粮食产量增加，可以出售。粮食短缺的人家可以按照粮簿上的钱数用钱缴公粮了。

村里没有闲田，大部分人仍然是没粮也没钱。拖欠公粮，组上、村上、乡上的干部随时会来催，也许深更半夜，也许刮风下雨。有时候在房顶，有时候在墙外，能怎么喊就怎么喊，一来七八个人，非常威风，遇到的人不由自主地想赶紧缴了公粮。惹大家不高兴了，会顺手拿走你家最值钱的东西，然后让你去赎。

有一年，干部催粮催得很急，母亲拿出一只戴了几十年的银手镯，卖了四十一块钱，缴了三十九块公粮钱，剩下两块钱。

我感觉，有个吃不完的粮食囤那是家家的梦想。

有粮食囤的人家真的很有气势。尤其是囤上面还架一层囤的，更不得了。上面盖了塑料纸，新塑料是非常透明的，屋里光线不管多暗，透过塑料纸都能看到是小麦。尤其是青黄不接的时候，人家囤里的麦子还一粒未动，那就是实力的象征。实力不强的人家，春节前就把囤里的粮食吃完了，因为没粮食的人家囤本身就很小，或者根本就没有插囤，家里的瓮都没装满。有些爱面子的，勉强拖到春天，瓮里已经空了，囤里的粮食已经剩薄薄一层了，囤上面就乱七八糟放一些随时要用的家庭用品来掩盖。

秋粮的品种要多一点，有玉米、糜子、谷子、绿豆等，杂粮多数是用来给牲口加硬料的，地位不是很高。农民骨子里看不起杂粮，很少囤，尽管常常用杂粮挨过最艰难的时光，救人的命。秋收了，各种杂粮就装在各式各样的袋子里，堆在屋子的角角落落，客人来了看到粮食不少，很体面，丰收了。有的客人也会故意搞点动作，进屋后坐在板凳上吸两袋旱烟，还随手捏捏袋子里的粮食，一口准确地说出来里面是玉米还是荞麦，扁豆还是黑豆，让主人很难堪。

麦囤还会在重要的时候体现社会影响，粮食短缺的人会托人找上门来借粮，囤里的陈麦子借走，新麦子下来装最好的给人还去，为了将来再来好借。低借高还，还要赔着笑脸。借出人粮食的，手头有活还会时不时叫借粮的人前去帮忙，管吃的，不付工钱的，少则一两天，多则四五天。

我曾经下决心要在麦囤上面插麦囤，插成三层囤，但是后来我离开了村子，再也没有机会回去插麦囤了。

我曾经下决心要在麦囤上面插麦囤，插成三层囤，但是后来我离开了村子，再也没有机会回去插麦囤了。

忙罢

忙罢，是渭北农村忙完夏收后，农民忙里偷闲可自由支配的一段假期。

在这个世界，理想是理想，现实是现实，有的人一辈子可能理想和现实能够契合。而对有的人来说，理想和现实就像两条平行的铁轨，永远是遥望，也就是流行语说的"理想很丰满，现实很骨感"。至今，农民都羡慕公家人，念书出来进个公家单位工作，有好吃的、好喝的，穿得干干净净的，戴个手表，每周有两天休息时间，六十岁退休后还有不菲的退休金。干得更好的，退休了开大会小会他们还会顶着花白的头发坐在主席台上，平易近人地朝会场的大众颔首笑一笑，一辈子都那么轻松愉快。换成农民就不一样了，穷人的孩子早当家，农民的孩子更是如此。

农民没有假期，只要你没有念成书，也没有学会木工、铁艺、劁猪、阉牛、铲蹄子等本事，就注定这辈子你享受不到法定假期了：六一儿童节，你的麦子在地里熟得掉颗粒，你爱收不收，没人催你；十一国庆了，你的苹果挂在树上，价格一天一天降低了，你爱卖不卖，没有人来帮你。有心思休假吗？没有，真的没有。从能干活起，一直到两腿一蹬呜呼，才算永远休假了。白发苍苍的农民，背一捆柴，吆一群羊，倒在沟底、门口的有很多了。所以，忙罢这段时间还是要好好休息的。

麦子归仓，青黄不接的艰难时期就过了，晒干的新麦先拉百十斤去磨面。麦子进磨面机三四遍后的颜色是暗的，越磨就越白了，白面先要收二三十斤的。然后磨下来的面与之前的面放在木框里拌匀，我们称之为"红面"，相较雪白的面来说，红面颜色深很多，剩下的就是麸皮了。白面珍贵，平时中午偶尔擀面吃，"红面"蒸馍吃。麸皮磨得越少，"红面"越暗，蒸的馍越粗糙，不好吃。忙罢这个时节，要用白面给七大姑八大姨蒸一些花馍送去。

忙罢时节，正是春种秋收，作物疯长的时节，荒草也多。一大早，拿两个冷馍当早餐，先去锄一阵子玉米地或者大豆地里的野草。太阳一竿子高，有些晒，就收拾了锄头回家做饭吃。上午饭一吃，两口子，或者再带上放了暑假的孩子，带上用白面蒸的花馍出发走亲戚。二十世纪八九十年代，大部分人是步行的，偶尔有几个人扬着头骑着自行车绝尘而去。

带着花馍去，是想让亲戚们尝一尝自家今年新麦的味道。到亲戚家，坐在凉爽的窑洞里的炕上，亲戚都要泡一壶放糖的茶水，显示出家里光景过得很滋润。这时候，就从天气说到了牛要下犊子，从这家媳妇不孝顺说到给那家的女子找个婆家。一番琐琐碎碎的事情后，女主人把下午饭就做好了，几碟菜用盘子端上炕来吃，豆腐是必须的，因为村里就有做豆腐的人。鸡蛋是要炒一盘的，自己家的鸡下的。还要一盘粉条，韭菜什么的绿菜也应该有。当然，中间还有一盒盐和一盘油泼辣子。日子过得更好一点的，中间还可以放几片肉，供客人夹馍。特别稀罕的客人，还要摊煎饼，捏饺子，压饸饹，香香地吃上两碗。推推让让还是必须的，一定要让客人吃好，吃饱。

盘子收拾后，再寻事停留，说说忽然想起来的几件事情，然后下炕穿鞋。女人掏出篮子里的花馍，提起篮子，女主人还是要抢过来往里面放几个包子或者几把黄了的杏，一家人就慢悠悠地回家了。太阳还未落山，还可以趁天稍稍凉了去地里锄锄草的。

忙罢是谈对象的好时节。通过媒人三两次的牵线，忙罢和过年都是姑娘到婆家的最好时节，也是顺理成章，去不去，去住几天，都是婚姻成败的关键。早早地，小伙子穿得整整齐齐，头发梳理好，借个自行车，带着点心、香烟等，去未来的丈人家接对象。好吃好喝半天后，把未来的媳妇就带到家了。这也是一个家族的荣幸。夜晚，家里人总是要叫来会做油糕的，给十分满意的未来媳妇炸些热油糕吃。随后的每天，准婆婆都要不停地换花样做饭，以博得未来儿媳的欢心，坚定她嫁给儿子的信心。小伙子带上姑娘，去茂密的庄稼地里走走，去西瓜地里看看滚圆的西瓜，颇为得意。送姑娘回娘家的时候，要带上亲戚们闻讯送来的布料和五块十块钱。

结婚后的忙罢也是有讲究的，一般都是女方的亲戚们组织一下，约好某一天都赶到婆家去，婆家做几桌席面招待。双方都给对方造个势，女方去的亲戚越多、档次越高越成功，越是喜气洋洋；男方也是拿出家底，让来的客人们高兴，觉得把姑娘嫁到这里没嫁错地方。男方的亲戚朋友心里也乐滋滋的，觉得攀上一门好亲事。

一些节日总随着时代忽热忽冷，在过去困难的时期，人和人之间，亲戚和亲戚之间的关系是非常密切的，相互之间随时有可能要去借些对方的粮食和钱财，盖房箍窑都要帮手。随着经济发展，尤其是一代代的农民离开土地去城市生活以后，忙罢已经慢慢消失了，只有上了年纪的人，还是孤独地、倔强地、步行着到几里之外的亲戚家去看个忙罢。远方的孩子们抽空开车回家后，忙忙碌碌去亲戚家，拿些传统的白糖、茶叶什么的，或者一两箱牛奶、饮料，陪大人们稍事坐一坐，在亲戚一片劝吃饭的遗憾声里，走了。

现代文明总在排挤传统文明。随着年迈的老人们的离世，忙罢会如云烟一样，慢慢消逝。

现代文明总在排挤传统文明。随着年迈的老人们的离世，忙罢会如云烟一样，慢慢消逝。

药铺

　　我这记性，有时候超好，比如，我能记起有一个钻井队的铁架子，撑在我家院子后面的大场里，探测石油，半夜里电灯也是明亮明亮的，机器隆隆作响，我隐隐约约觉得"四个现代化"（工业现代化、农业现代化、国防现代化、科学技术现代化）快要实现了。小胳膊粗的铁管子大白天流淌着从西沟抽来的清澈的溪水，我总能弄开管子的接头喝几口。根据大人们的描述，那时候，应该是1975年，我三岁。

　　然后就是一人多高的毛主席像摆在大队部院子，村里人都戴着黑袖章默哀。不谙世事的我，就在人群里嘻嘻哈哈跑来跑去，被大队干部狠狠踢了一脚。这是悼念毛主席，是1976年，我四岁。

　　我这记性，有时候一团糟。比如现在，我就是死活想不起来大队合作社怎么就成了药铺。合作社给我带来过不少乐趣，去买一两颗水果糖，称五毛钱的盐，灌一两斤煤油什么的，运气不好会遇到"今日盘点"。但是改成药铺后我就去得更多了。

　　药铺是面朝东的四间大瓦房，开了锁子，哐啷一声拉开门闩，推开厚重的门，三间房就是药铺的营业场所了。映入眼帘的是砖砌的半人高的柜台，台面是木质的，深红的漆斑驳失色。柜台上有一摞包中药的麻纸，空里吊一团纸绳，绳头悬在麻纸上方，随时准备包扎麻纸里的中药。门的右边，有长条的榆木板凳，上面装了小铡刀一样的切刀，一些中药需要切成段都是在这个板凳上完成的。再旁边就是一组铁药碾子，里面有个铁轮子，一些需要碾碎的药放进碾槽，技术娴熟的人很快就能把药碾成粉末。

柜台的北头，独木桩上搁着捣药的生铁罐。药铺北边的墙上，挂着毛笔书写的《十八反十九畏歌》和几个干透了的瓜蒌。

柜台里面是最重要的地方，两个一人多高的中药架，上面密密麻麻都是带小铁环的方抽屉，每个抽屉的四周都写着中药的名称，拉开任何一个抽屉，里面四个格子都放着不同的中药材。药架上面也搁了不少布或者麻纸包的中药。药架正中，挂着筷子粗细、非常精致的用来称药的戥子。中药架子的旁边，有放百药的一个架子，三五层的隔断，上面大大小小的瓶子里面装些四环素、氯霉素什么的。

穿过柜台和药架之间的走道，尽头隔开来的一个房子是间卧室，里面的窗子下面有个炕，冬天的时候，被子整天是铺在炕上的。

药铺的掌柜是一个中年男人，北却寨村人，他在我们的村子经营药铺。我们村叫南却寨，两个村相距二里地。按照远方亲戚的关系，我把他叫杨林锅，"锅"这个音，在我们那里就是"哥"的意思。杨林锅其实是名兽医，那时候，牲口还是比较多的，村民家里有马，或者牛，或者羊——至少猪是家家都有的，有"穷不离猪，富不离书"的说法，所以，我杨林锅的生意还是蛮好的，半夜三更谁家的猪发烧，他就背上药箱出发了，箱子里面有很粗的针管。虽然他学的是兽医，但是在医生奇缺的农村，人如果病了他照样望闻问切，然后抓三五服中药，让患者回去熬。

那时候，生病的人好像不是很多，而且中药都很济事，几服药吃下去，患者就面色红润，对杨林锅远远地就迎上了笑脸。药铺周围当然要发生好多事情，比如熬中药的砂锅是只能借不能还的，砂锅不管是谁家的，如果有人病了就去借，熬完药就放在自己家，等下一个病人熬药的时候继续来借。如果不懂事的人用完给主人还回去，那就犯了大忌，轻则被一顿臭骂，重则彻底断交。农村人很讲究，说还熬药的砂锅就是还病，非常反感。当然还能看到一些人神神秘秘拿一张处方，说某某老中医开的秘方，半遮半掩生怕旁人看到，药一抓完，单子也就如宝贝一样叠起来带走。

有一段时间，我杨林锅一个人觉得很无聊，就叫我晚上给他做伴。大概一年的时间，晚上我就跟他在药铺里面的卧室睡觉。冬天炕很暖和，夏天也凉快。更重要的是，他那煤油灯捻子我能挑得很亮，而且可以随便点到几点，我就觉得很奢侈，因为我在家母亲总不让我点太久的灯看书，灯焰也不能太旺，觉得太费煤油。有灯了没书看也很无聊，就顺便看看杨林锅炕头摆的《千金要方》。

当然，我给他做伴在药铺睡觉也不仅仅是为了借我杨林锅的煤油灯看看书。夏天的时候，他药架上的高瓶子里有薄荷片，下面的抽屉还有人丹，天气很热的时候我就理直气壮地倒半把薄荷片或者捏几包人丹，他也不好意思说什么。偶尔，我还熟练地拉开中药抽屉，捏几根党参或者甘草在嘴里嚼来嚼去的，像是很懂中药的样子。

在药铺待久了，当然就知道一点点东西了，晓得春天吃茵陈麦饭的好处，感觉痰热咳喘了就去路边挖几把车前草回来烟熏火燎地熬了喝。有点症状就会去挖地丁草、蒲公英、防风、柴胡熬着喝，喝了貌似症状会减轻。

几年前的春节，我回去又见到了杨林锅，一问，人已经年近古稀了，再问，药铺已经没有什么生意了。也难怪，村里只有一头牛了。有一段时间，村里也是附近有名的生猪养殖大村，县上和乡上有专门的医疗服务。养殖业时起时落，如今村里猪也少见了。现在，村里只要有人卧倒，多数是大病，要进大医院了，不是小药铺能看得了的。

也许，发展太快也是一种病，至少会带来一些病。

唉，怀念我村的药铺。

发展太快也是一种病，至少会带来一些病。

油灯

夏天的夜晚，萤火虫闪着亮光飞来飞去，总会让我们一帮娃娃兴奋不已。我总在想，把萤火虫抓起来放在一堆多好，亮亮的，又不花钱，而且好玩。但是，白天抓不到萤火虫，到了晚上，大人们训斥来训斥去，不让去村边的野草里抓，怕把我们掉进坍塌的废水窖里去，说窖里面有死狗，有蛇，还有老鼠和蜈蚣。

我以为我想抓一堆萤火虫照明的创意很帅，念了几天书后，恍然知道晋代车胤车大人早就用过了。他老人家自幼聪颖好学，但是家境贫寒，常无油点灯，夏夜就捕捉萤火虫，用以照明夜读，后来官至相当于今天人社部部长的吏部尚书。他老人家抓了萤火虫，还留下"囊萤夜读"的励志典故。回想自己过去抓萤火虫的想法，觉得挺脸红的，因为那个时候早都有油灯了。

我见过早一点的油灯是蓖麻油和菜油点的那种，我们把它叫"夜油"。小时是用过的，用的不太多，只是在煤油太紧俏而且借不到的时候才用一用。这样的油灯有粗瓷的，也有铸铁的。粗瓷的像小吃碟一样，很浅，沿上多出一块，可以用拇指和食指捏起来移动。铸铁的要气派一些，上面和粗瓷的碗儿很相似，中间一根一尺多长的杆儿下面有一个座子，浑然一体，放下了很稳当。把棉花捻成细细的一根捻子，浸油后，大部分横在油里，挑一截攀在油灯边儿，点燃后就发出绿豆大小的弱光。灯捻子不能太粗，太粗太亮油很快就烧完了，所以农村老有一句批评中带着羡慕的话叫"官油壮捻子"，意思是官家的油，捻子就粗，灯就亮，浪费了不可惜。

我用过比较多的是煤油灯。煤油在村里的合作社就有，用打油器从大铁油桶打到一个敞口小铁桶里，用提子提，有二两的提子，有半斤的提子，根据需要灌到买油人的瓶子里。煤油限购，想多买点是不供应的。

煤油灯是用各式各样小瓶子做的，五花八门。我家的一个煤油灯用过很多年，是用"广告"（一种涂料）瓶子做的。这个瓶子有烟盒高，四方，玻璃非常厚实，几次掉到地上都没打碎，瓶盖是铁的，拧上去很严实，油也倒不出来。我们不知道从哪里找来了一个架子车上的气门嘴，在铁盖子上打了一个小洞，把气门嘴穿过去，上面螺丝一拧，非常好。把捻子从气门嘴里穿上来，一头放在拧得紧紧的煤油灯里，上面露出一点点头，点着亮得很。深夜，黑乎乎的窑洞里，煤油灯的焰像大字笔一样抒写着夜空。

灯太暗了挑一挑捻子，火苗马上就变旺变亮了。太亮了费油，拿针压一压捻子，灯就暗下来了。写作业离灯距离要合适，太远了看不清楚字，太近额前的头发会被灯烧焦。

那时候，最怕冬天的夜晚，一些有事没事的人，来到家里坐到热炕上半夜半夜地谝闲传，从三国时期一直谝到村里的土匪用木疙瘩当枪吓倒财东家。这样，一晚上多半灯甚至一灯煤油就熬完了，那是很心疼的。三五个对劲的人谝得兴起，或者会把灯吹灭，话又掉不到地上，然后旱烟袋的火一明一暗地继续谝。

晚上熬油干针线沽的女人会让村里人不齿，村里人会说女人是"白天串门子，黑了借油补裙子"。

我最渴望的是得到一个罩子灯，虽然是煤油灯，但是罩子灯点着后用配套的玻璃罩起来，非常亮而且不怕风。那样的灯一直是干部用的，大队上的记工员、公社的二部，还有我们学校的老师就用那样的灯，在灯下改作业，意境是很美的，有辛勤的样子。

我没有过罩子灯，是因为罩子灯的玻璃罩子很昂贵，而且容易打碎。不过，我家有过马灯。路灯和手电筒之前，马灯是很吃香的，村里的政治夜校教室就挂过马灯，我模模糊糊记得村里人每天劳动完到那里去识字。

晚上提马灯走路我也是很害怕的，村里那些上了年纪的老太太总是讲一些恐怖的鬼故事，而且说得神乎其神，好像就发生在身边。我走起路来总觉得身边有鬼，马灯放在前面觉得后面有鬼，马灯放在后面觉得前面有鬼，所以我提上马灯总是慌里慌张一路向家里小跑。

汽灯应该是油灯里的大哥大了，逢年过节唱大戏或者红白喜事，台子上或者厅堂里挂两个汽灯就如同白昼了。在家里用汽灯想都不敢想，光是油就耗不起。

有时候，我觉得幸福离我们很遥远，令人很郁闷，令人比方说路上还有二三十年的收费期限的收费站，要经营到我年迈才撤，我于心不甘啊。但有时候，幸福来得又太快，突然有一天，经常路过的收费站被拆得无影无踪，导航到跟前只见提醒不见站，真好。煤油灯下我还在想着什么时候才能实现"电灯电话，楼上楼下"呢，如今上下楼已经成了负担，有座别墅平平坦坦悠悠闲闲生活又成了梦想。而固定电话早就拆了，移动电话也有几个号码了。回到主题，今天，十几瓦的节能灯挂在家里比汽灯都亮堂。

人类总是在追求光明，灯在不断更替，光明应该就在眼前。

人类总是在追求光明，灯在不断更替，光明应该就在眼前。

从冬月到腊月

冬月的天已经很冷了。

其实，在小麦下种的白露时节，村里的人就穿上棉袄了。中年男人大多会在腰间拴上一根绳，把棉袄底紧紧地绑起来，不让寒风从袄襟下面灌进身子，走路的时候，弓着腰，笼着手。那时候，我觉得四五十岁以上的人就算是很老了。

土地已经上冻，小麦叶子枯黄中夹带一丝丝的绿色，油菜叶子全部干枯，看上去一片灰白。风一阵一阵呼啸，像哨子一样，刮在耳边，如同刀割。

我的耳朵、手和脚在冬天总是被冻得变形，耳轮溃烂，手指头都是环切的裂口，流血而且干疼，用半截润面油也填不满。脚总是被冻得肿得像面包一样，走路的时候，脚后跟的裂口好似被刀砍过一样，一走一疼，还会渗出血来。

妇女们都喜欢到关系要好的女人家里去，三五成群，坐在热炕上纳着鞋，织着袜，饶有兴趣又神神秘秘地说着东家长、西家短，还不时发出笑声。

男人能干的事情包括箍窑。窑洞是我们黄土旱塬人的住所，普通家户一辈子也就箍个两三孔窑洞，有实力的还要给分家的每个孩子围一个院子。开春，地一开冻，农活就忙了，所以只有地上冻的两三个月有修盖时间。

箍窑的匠人只有在关键的几天才出工，其余的都是土工粗活，人多的时候，不到一个月就可以"合龙口"了，这时候，工程进行了一半，一阵炮仗过后，主人家会从正在修建的窑洞高处撒下来一把又一把的糖果、落花生、核桃，还夹杂着一些一分、二分、五分钱的硬币，寓意这个院子里的人将来会安居乐业，财源滚滚，幸福和睦。主家也会设宴款待所有参加劳动的匠人和土工，村里的人也会拿一瓶酒、一串鞭炮或者一两块钱去搭个礼，表示祝贺后，也跟上吃个饭。

有攒了几年的钱，终于给娃结婚的人，请来乐队吹吹打打，整个村子弥漫在喜庆之中。也有上冻后，身体羸弱的老人撒手人寰，葬礼上唢呐声和哭声被寒风撕得时断时续，忽远忽近地飘向了周围的十里八村。

天气好的时候，我会拿上镰刀和绳去沟里砍柴。所谓的天气好，也只是阳光灿烂，温度却不高，在零下六七摄氏度。所谓的砍柴，也不过是找一块向阳的沟坡，刮坡坡坎坎上的白草。干山峁缺水，什么都不长，没有值得砍的硬柴，偶尔在白草间发现一根半根指头粗的长满枣刺的树枝，我得小心翼翼地砍下来，单独放着，最后集中在一起，如果和白草混着，捆柴或者往灶膛里填的时候容易扎手。刮半晌后，有几小堆了，我斜躺在避风又向阳的山坳，眯眼看着太阳，想着还有谁跟我一样看着这刺眼却不温暖的太阳。冷不丁有野兔从身边慌慌张张地蹿过，我起身看的时候，已经无踪无影。

有时，远处隐隐约约传来放羊人对羊的呵斥和叫骂。冬天里没有绿草，放羊的人会偷偷地把羊吆到别人家多少有些绿意的麦地里让羊吃一会儿，发现有人经过，放羊人装作一副羊很不听话偷偷跑进麦地，自己很无辜很生气的样子，把羊骂一骂，从麦地里吆出去。

还有一段时间，我去砍柴的时候，不由自主地向沟里不远处的山路上张望。邻村一个跟我年龄相仿的女孩的姐姐嫁到了沟的对面，曾经有一次我砍柴的时候碰到她去她姐家，我跟她愉快地说了几句话，然后我经常就不由自主地在那里等，看她是不是还会经过，还能不能继续说话。后来偶尔有人经过，却都不是她，那一段时间真的有怅然若失的淡淡的忧伤。

太阳快落山的时候，我把柴收拾好，捆起来，把镰刀插到柴捆里，背着柴从弯弯曲曲的羊肠小道上走出来，靠在山坡休息的时候，卷起的山风从裤脚灌进来，看着尘土里的夕阳，我觉得冬天的每一天都很漫长。

冬天腊月的乡村是宁静的，沟对面村子的公鸡打鸣都听得清清楚楚。但是隔几天几十里外镇上的集会却是很热闹的。因为很多事情都要在集会上办：买卖家当、置办年货、商量新媳妇拜年等。腊月的集会就是一年中最热闹的时候，村里人赶集回来会津津乐道自己在人挤人的街道上挤了多长时间。

接近年关的腊月是最难熬的。一年中，借了别人的钱或者别人借走的钱，都要在腊月了结。拖过了春节，要么在情感上受损，要么在信誉上受损。腊月经常能见到因为讨债而闹得不欢而散的，而欠钱的不管什么理由还不了钱，来年想借其他人的都难，因为赖账或者没有偿还能力，很快就传遍村里村外，直接影响了以后的为人，其他人也退避三舍。

宁可穷一年，不能穷几天，春节的几天不能太寒酸，穷富都要割点肉的。为了过年，有些人就去卖养了一年半载的牲口，回去拿个整钱办点大事。也有背上几十斤粮食到粮食市上一桌，请一幅灶火爷神像，买一点零碎年货回家去的。

腊月，媒人要在男女双方家里跑好几回，没有过门的新媳妇春节期间要去未来的婆家，哪天去、谁来接、用什么接、接过去住几天、准公公给什么礼物、婆婆给什么礼物、未婚夫给什么礼物、主要亲戚给什么礼物以及未婚夫到未婚妻家同样的礼仪等都要说得非常妥帖。细节决定成败，稍微不到位可能就会伤了对方的自尊，如果媒人口拙，那接下来就是退婚了。

耳畔多了讨债声和单身男女的叹息与抱怨后，冬月、腊月就快过去了。

其实，我一直觉得，冬天腊月的生活是寒冷、沉重而无趣的，不管是过去还是现在。

冬天腊月的生活是寒冷、沉重而无趣的，不管是过去还是现在。

过年

　　大年三十开始下雪了。一冬天没有下雪，"干冬湿年"。过年下一场雪好，除了走亲戚有点困难外，正好不耽误各种活计，况且，一场大雪比发救济款、救济粮都要好得多，救济款、救济粮只能发给个别人家。老天是公平的，在一个区域里，每家的庄稼地都会下雪，等于免费浇了一次水。

　　天上的雪还在飘，我从院子里开始扫雪，一直扫到门口的大路上，手冻得像被砖头砸一样疼。我把扫帚靠在身上，向冻僵的手上哈了哈热气。路上走过去村里一个男人，喃喃自语："过年哩，过难哩。"

　　院子墙角旮旯有一个草棚，棚上面有干草苫着冻成瓷疙瘩的柿子，大年三十要把柿子取下来，放在家里的温水中温一温，准备吃。

　　煤油灯忽明忽暗，母亲在锅台前用筷子插了插锅里的猪肉，说熟了。三斤猪肉竟然带了两根肋骨，母亲从父亲把肉拿回来后就埋怨卖肉的把骨头带得太多了。一个碗里切两片肉，掰了半个白馍，用煮过肉的腥汤一浇，有几粒花椒也漂了上来。我们兄弟姐妹高高兴兴地吃起来，取下来的骨头上有几丝肉，谁年龄小让给谁啃，不愿啃才给年龄大的。

　　屋后的地上，几盆萝卜块已经用水煮好，还有几块豆腐在旁边的盆子里。一木框馍黑白分明，还有软糜子包子，白馍是招待客人的，客人来拜年，馍篮下面是黑馍，上面才有几个白馍。

　　母亲掀开柜盖，柜里母亲那个珍藏几十年的银镯子已经不在了。之前的一年，母亲偶尔还在手上戴一戴，这是我们家里唯一值钱的东西，也是母亲经常给和她关系好的人欣赏的东西。

土地贫瘠而且干旱，又没有化肥上，庄稼长势不好。小麦一上场，生产队就有人来送农业税本，上面有农业税的粮食斤数，还有必须按照一定价格卖给国家的"购粮"的斤数。

我在后面给父亲推，父亲在前面拉，经过二十多里的上下坡，我们把一口袋小麦送到了粮站，但是没有完成农业税。第二年春天，队长三番五次来催拖欠的农业税，母亲把银镯卖了，缴了拖欠的农业税。

大年三十是不说不愉快的事情的。母亲从柜里端出了一碗落花生，里面夹杂着几颗洋糖。然后大家坐到炕上开始吃，这是守年夜。柿子也温好了，我姐给大家端上来，一人吃一两个，软又甜，皮轻轻一剥，吸一口就只剩下柿子把了，吃了柿子会预示着平安无事。吃到兴起，母亲会安排我们继续到柜里掏出藏了半年的点心什么的，大家分了吃。母亲的柜平时是上锁的，取东西的时侯，好奇的我们总要头钻进去多看几眼。柜里也有珍藏几年的酒，母亲也会让拿出来，想喝的可以抿几口。

一家人之间是互相不发压岁钱的，准备的一毛两毛几块面额的压岁钱，只有亲近的亲戚三月里领来孩子，母亲才给一毛或者两毛。要是有人来给了我们压岁钱，亲戚走后要交给母亲，等待下一拨孩子来了给人家的孩子发。

父亲从烟袋里掏出一锅旱烟，凑在灯上猛吸两口，听我们叽叽喳喳说东道西。夜很深的时候，大家都东倒西歪躺下不说话了，母亲吹了灯，除夕夜就这样过去了。

鸡叫了。母亲擦着一根洋火，点亮了煤油灯，让父亲起来去烧香。父亲不信神也不信鬼，说一声"让娃娃去"，自己继续躺着，母亲便催促我们兄弟起来。烧香必须是男人干的事情，同时，鞭炮响得越早，当年的日子越好。

母亲跪在屋内的灶台前，点了一张黄表纸烧了，口中念念有词，大意是说保我们一家平安如意。

我们穿衣服的时候，母亲收拾好祭神用的花馍。在屋内的灶火神，屋外的天地神、土地神前摆上供品，我们各上三炷香，一起磕个头。屋外的风轻轻地吹着，对联哧哧地响，敬完神后我们点一串鞭炮，噼噼啪啪响一阵子，鸡和狗都吓得叫了起来，初一就这样开始了。

母亲在木盘子里放五个碟子，中间的碟子周边苫几片肥肉，其余的每个碟子里面放些落花生、洋糖、饼干、点心，盘子旁边还放一盒纸烟、半瓶白酒和一两个酒杯。天亮了后，就有人来给父亲母亲磕头拜年，磕完头后，要给孩子们发些落花生和洋糖，给大人发一根纸烟。在外工作的，总是很亲切地嘘寒问暖。我们兄弟和堂兄堂弟也成群结队去各家里磕头拜年。

"羊吃青草匆匆去；猴蹬树枝慢慢来。"有一年，我们给村里人拜年的时候，看到了这副对联。时光一晃就过去了，猴年又来了。

每年回去过年，村里都少了几个老人，去拜年的时候，总是被健在的老人们拉住手，让多坐一会儿，拉拉家常。

闯荡在外，生活越来越好，年味越来越淡。只有曾经过年的习俗和不曾改变的故乡人，让浮躁的心，在过年的时候宁静些许。

闯荡在外，生活越来越好，年味越来越淡。只有曾经过年的习俗和不曾改变的故乡人，让浮躁的心，在过年的时候宁静些许。

正月十五提灯笼

没过正月十五，年好像没过完一样。

正月走亲戚，一般在初七八都会走完，即使路途再遥远，也必须在这个时间之前结束。有俗语说"七不出，八不入，九日回来变成猪，十日回来杀着吃""过了初六七，缺肉少豆腐"，这时候再去走亲戚，主人和客人都会很尴尬，村里人知道了也会笑话的。实在忙不过来的，正月十五元宵节也是走亲戚的好日子。上了年纪的老人很在乎谁正月没来拜年，弄不好，亲戚之间有可能彻底断绝关系了。

而多数忙的人是外婆们，她们把做得精巧别致的各种灯笼高高兴兴地翻沟过河送到外孙或者外孙女的手中，当然还有一对小鸡模样的花馍，我们把它叫"鸡馍"。

乡村正月十五前的集会，虽然比年前要差很多，但是仍然称得上是车水马龙、热闹非凡，一条主街道挤满来来往往的人，街两边高高低低挂了一些灯笼，当然还有大大小小的蜡烛和一些鞭炮、烟花。

按照家乡的习俗，元宵节要过三天，正月十四是引灯，正月十五是正灯，正月十六是送灯。正月十四前，十几个"鸡馍"就要蒸好，因为当天晚上就要用。"鸡馍"就是将白面捏成一个卧着的小鸡形状，用两个黑豆嵌入"鸡头"两边当眼睛，蒸熟后看起来活灵活现，惟妙惟肖。还有用花椒仁当鸡眼睛的，虽然看起来很精巧，但更像鸽子一样，不太完美。

正月十四晚引灯，在锅台、面缸上、水瓮里还有灶神、屋外的天地神处都要点上一根指头粗细的红蜡烛，放两个"鸡馍"。老人说，鸡是吃害虫的，点蜡烛是为了让鸡看到害虫，这样，点蜡的地方一年都没有害虫了。尤其是水瓮里，用个碗把蜡烛放好，"鸡馍"也就放在蜡烛旁边，飘在瓮里的水中，晃晃悠悠，甚是好玩。这时候，孩子们就可以提上各自的灯笼到村里最热闹的地方去了。

相对于引灯，正月十五的正灯可以用"壮观"来形容了。除了和正月十四一样的敬献神灵，点蜡放"鸡馍"的程序外，小孩子都提着各式各样的灯笼出门了，另一只手还要拿个"鸡馍"，走到哪里让鸡保护到哪里。提一个好的灯笼是很威风的事情。手巧的老人会用竹篾编个框子然后用各种剪纸糊灯笼，家里是做木匠活的可以做个小木框子，四边插上玻璃，也很有个性，还有给木质的灯笼装上两个小轮子，咯吱咯吱拉着走，看起来挺省力。当然，还有没灯笼提个马灯的，也有用猪尿脬做的灯笼。传说杀猪取出猪尿脬，倒净录后，往里面吹气，吹圆后将口扎住，挂在房檐下阴干，到时剪开口，穿上绳子就可以当灯笼了。我见过这样的灯笼，灰蒙蒙的，不亮。再后来，有了折叠的纸灯笼、塑料灯笼和搭上电池呜里哇啦唱歌的各种灯笼，那真的已经没有灯笼的味道了。

据说正月十五晚上的蜡烛是不能用嘴吹灭的，只能用手扇灭，吹灭蜡烛嘴会歪的。因为这个传统，灯笼起火被烧毁是常见的事情，灯笼里的蜡烛倒了，或者碰到别处了都可能起火。在同伴一阵幸灾乐祸的笑声中，灯笼被烧了的孩子拿着被熏黑的半截灯笼哭着回去给大人诉说了。

我总是很不解，为什么在月圆的正月十五夜提灯笼，又圆又亮的月亮让灯笼一点也不显眼，路上根本不用打灯笼就能看得见，如果放在伸手不见五指的三十晚上提灯笼该多好啊。

有时阴风起、没有月亮或者突然落雪的正月十五晚，虽然灯笼是亮的，但是没有几个同伴在村道里提灯笼，也很是索然无味，三两个孩子在村头相当失落。

正月十六是送灯，送灯几乎是象征性地点一会儿蜡烛，草草了事，近乎应付的样子，然后孩子们就可以吃到"鸡馍"。粮食短缺的年代，只有"鸡馍"是白面做的，那当然是宝贝了，孩子们先吃鸡头还是先吃鸡尾也得考虑半天。

正月十六一过，再懒的人也得动身了。最先的活计应该是把牲口圈里积攒了几个月的大粪用架子车拉到地里，然后干一些春耕前零零散散的活。农民没有节假日，就是按风俗过年休息几天，初八到二十三是继续干活的。正月二十三也按照风俗休息一天，又有俗话说"二十三，老驴老马歇一天"，也顺理成章、心安理得地休息一下。

家乡的年，要到正月月尽那天放一次火后才算彻底完结，我们把这次放火叫"燎疳"。当天黄昏，家家把过年贴的对联、门神等全部揭下来，炕上的竹席翻起来，到处扫干净，扫来的灰尘和对联等用筐子提到门口的柴火旁，柴火是可以冒起很高火焰的蒿草，传说谁家的火焰高谁家的日子就好，火势一起，能动的人都要从火上面蹦几圈，实在蹦不过去，就抬腿在火上绕几下，都说燎一下可以辟邪，一年之内平安无事。那几天，还有爆米花、炒黄豆等自制的小食品吃。

进入二月，淅淅沥沥的春雨开始下起来，穿了一冬的棉袄有些脏得发亮了，换下来后，鸟儿也开始到处叽叽喳喳地叫了，野草挤出了地面，露了一点点头儿了，春天也就真的来了。

我总是很不解，为什么在月圆的正月十五夜提灯笼，又圆又亮的月亮让灯笼一点儿也不显眼。

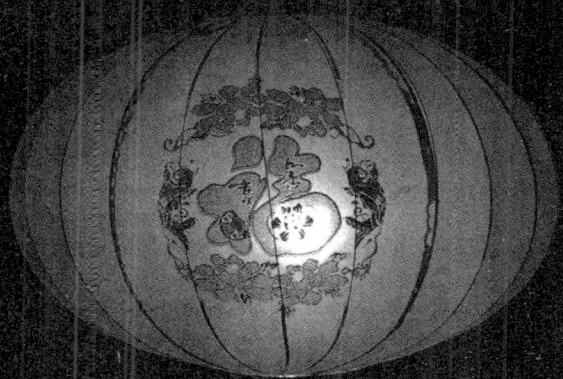

做豆腐

世界上没有无缘无故的爱，也没有无缘无故的恨。没有无缘无故的热情，也没有无缘无故的冷淡。

有一年冬天，我对我们村做豆腐的本家非常热情，表示晚上可以去给他帮忙做豆腐。热情的原因只有我清楚：想吃刚出锅的热豆腐！

当时提出这个要求的时候，是非常自信的，我已经成了小伙子，可以干动活了，比如村里红白喜事都会请我去端盘子挑水，已经算得上劳力了，以后大家用得着我，实力就是影响力。

果然本家很爽快地答应了，说好某一天晚上做豆腐。

豆腐是我们这儿的家常菜了。隔几天门前就有卖豆腐的喊："豆——腐——""豆"和"腐"之间最少扯三秒以上，村东头喊，村西头都可以听到。既然到一个村，卖豆腐的就基本把村里转完，村里的农妇听到吆喝声后，完全来得及从瓮里挖半碗黄豆出来。

卖豆腐的或许是本村人，也可能是外村人。本村卖豆腐的基本不排外，即使撞到有外村来买豆腐的，也很少有因为争抢买卖打起来的事情。豆腐大个事情，都比较和谐。

卖豆腐也是经营灵活，可以用钱直接买，农村人钱不方便，就可以用黄豆或者玉米去兑换，一斤黄豆换一斤二两豆腐。黄豆可以做豆腐，农民家家都可能种几亩，一来可以顺利地换豆腐，二来收黄豆的贩子多，橐起来方便，容易变现。但是做一次豆腐最少要做三十斤以上，就像包间最低消费，除非过个红白喜事或者过年才做，一个家庭平时搁几十斤豆腐是吃不了的。多数卖豆腐的拉辆架子车，用纱布把几大块几十斤重的豆腐盖着，有人过来后，揭走来上面盖的纱布让看看，比较挑剔的农妇会用手摁摁看豆腐硬不硬，不硬了就会嘟嘟囔囔地，卖豆腐的赶紧说豆腐没包好等，总是想做了这笔生意。称完黄豆后，卖豆腐的刀子下去，或长或方，八九不离十地切好豆腐，农妇一手托着回家去给掌柜的做饭去了。

豆腐当菜我当然是吃过的，可是我没有吃过刚出锅的热豆腐。经常能听到村里的几个大人在和做豆腐的相约："明儿个到你屋吃出锅的热豆腐！"每当听到这些话，总让我对刚出锅的热豆腐垂涎三尺。

我七八岁的时候，母亲让我端一碗黄豆去村里一家做豆腐的家里换豆腐。一头毛驴正在拉石磨磨浆，而这才是第二道工序，离热豆腐还很遥远。

有一天我又听到他们约了晚上要吃热豆腐，当天晚上就溜到他家，窑洞里弥漫着雾气，一口大锅热气腾腾，锅上吊着一个大纱布包，锅台上站两个人，一个人摇着纱布包上绑的木条，一个人不停地往纱布包里舀磨好的豆浆，豆渣都在纱布包里，豆浆跟随摇纱包的动作，潺潺地流到锅里。这是在滤浆，把豆渣和豆浆分离开，这样做的豆腐才细腻。

白天说吃热豆腐的三四个人已经在屋子里等得不耐烦了，掀开一个瓮，里面装着已经成型的豆腐脑，一个人端一个大老碗，用个铜马勺往碗里把豆腐脑挖满，吵吵嚷嚷去隔壁调了盐和辣子，然后津津有味地吃起来，我跟上他们出出进进来回看，他们全然无视我的存在。现在想，他们当时就是"拉仇恨"，但是不管拉不拉仇恨，反正我是没吃上，最后悻悻地离开了，估计也没有人在乎我的离开。其实，这只是豆腐脑，距离热豆腐还有一两个时辰。

豆腐脑做好后，要舀到铺着纱布的木框里，然后把纱布包起来，上面压块大石头，石头越大，压出来的豆腐越瓷实，质量越好，但是水分会减少，做生意比较有心眼的豆腐师傅会压块小石头，这样的话，一斤豆腐基本是八两水。两三个小时后，豆腐就做成了，这时候搬开石头解开纱布，切出来的豆腐才是刚出锅的热豆腐，据说相当好吃。

话说回来，我去本家帮忙做豆腐。家里人都睡下后过了两袋烟的工夫，我就出发去他家，路上寒风呼啸。那个年代，石磨已经变成打浆机了，磨浆和滤浆用打浆机就可以一次完成。我去的时候，一大盆豆子已经泡涨了。本家正在擦洗机器，准备开工。

十五瓦的灯泡吊在窑顶，一点也不亮，窑洞里很冷，本家给我宽心，说一会儿火搭着了窑里就暖和了。

经过一个多小时的忙碌，泡好的豆子全部经过打浆机，一部分成了豆渣，一部分成了豆浆，我们把豆浆全部倒进大锅里，开始搭火加热。深更半夜，鼓风机嗡嗡的声音非常大，半个多小时后，豆浆就翻滚开了，我理直气壮地舀了半碗，凉了一会儿，直接喝了，说真的，比现在的豆浆好喝多了。

豆浆稍事冷却后，我俩就抓紧时间把豆浆全部往瓮里舀。本家称了一些食用的石膏放进豆浆瓮里，然后盖上一个潮湿的小棉被，让豆浆在瓮里慢慢变成豆腐脑。我俩就到隔壁窑洞的热炕上开始谝，从董卓进京谝到"四人帮"倒台，又说到开春苹果树的石硫合剂怎么配方等。但是我心里仍然惦记着豆腐脑，一个多小时后，我说豆腐脑差不多了吧，本家坚决地否定了，说揭得太早豆腐脑就点不住了，一瓮豆浆就全废了。

又过了一个小时的样子，我说这下差不多了吧。过去揭开瓮，已经是温热了，我想到之前的情景，就狠狠地挖了一碗，调了点盐往嘴里刨。吃完了，没有那些人品得那么夸张，我觉得味道一般，还略带苦味。

又经过一番忙碌后，石头终于压在了纱布包上，我们就去睡觉。虽然肚子发胀，却仍然想吃热豆腐，问他啥时候能开包。

吃饱了觉得浑身累，躺上热炕，睡意来袭。鸡叫了两遍了，本家踢踢我，说要去解包，豆腐能吃了。熟睡的人啊，怎么舍得起床啊，我说不吃了不吃了，在吃热豆腐和睡觉上，我毅然选择了睡觉。

第二天早晨，解开纱布包，豆腐已经冷冰冰的了。

做豆腐和吃豆腐人的感受是不一样的，个中滋味，只有做一回豆腐才能体会到。

村里的戏

淡淡的烟时有时无地从窑面前的烟囱钻出来，偶尔形成一小团突然向下，快到地面的时候又忽然升起，慢慢地飘上去，还没有到窑顶的位置就消散在空中。

雪是停了，天空蓝得透亮。

我双手塞在袖子里，踩着积雪上歪歪扭扭的两行脚印，来到土窑洞前，推开门。窑里暖烘烘的，大爷和村里一个老汉在炕上坐着，我进门他们看了看我，继续说他们的"三国"。我坐在地上的小板凳上，轻轻地腾腾棉鞋上的雪，怕雪化了湿透我的棉鞋，那么一冬天都不会干了，然后我的脚会冻得更加红肿，用指头压一下半天恢复不过来，又痛又痒，裂开的地方会溃烂，一直到阳春才会逐渐愈合。

炕旁边有个用泥盘得方方正正的土炉子，炉口堆着一个盖着的大洋瓷缸子，缸子盖儿被热气烘得轻轻地噔噔噔，噔噔噔，掀起了又放下，一缕热气漫延出缸子后，盖子又合上，又开始噔噔噔，噔噔噔，有意无意地响起来，从飘出来的气息里，我闻到了茶香。大爷从炕上欠身，侧身拿起炉子上的缸子，给炕上的老汉和自己茶缸里各倒了半缸热茶，我看到炉膛里是柴火烧成的火红的木炭。茶香在窑洞里四处飘散，大爷他们在炕上慢慢地一口一口品，慢悠悠地又说着"三国"。

我记不清去那里是要问什么话或者说什么事，没有一杯茶，我感觉我坐着是多余的，于是悻悻地起身走了。

走出窑洞，村北头传来叮叮哐哐的铜器声，我知道村里又在饲养室排戏了。

　　村东头有一个戏台子，咸丰二年（1852）建的，历史上的这一年，洪秀全率太平军攻入广西、湘南和湖北。曾国藩向咸丰皇帝奏："目前急务有三：一银价太昂，钱粮难纳；二盗贼太众，良民难安；三冤狱太多，民气难伸。"村子外的大事并没有波及我们村，戏台子是建成了。

　　一到腊月，村里人就在已经闲置了的饲养室里排戏，排好的戏会在大年三十和初一在戏台子上演。

　　排戏非常乏味，村里剧团的人都会在，也有几个不会演唱却还是很感兴趣的村里人来围观。请来的行家不厌其烦地指导排练的演员，一句唱词三番五次地唱来唱去，一个姿势拨弄来拨弄去。机灵一点的一指拨就会，回去得在家里悄悄苦练一番，排演的时候看起来舒畅自然；木讷一些的，怎么点拨，身子都像半截木桩，开腔也让拉板胡二胡的竖眉瞪眼，除非是实在没有合适的人了，如果有水平差不多的或者更加优秀的，立马换人继续排。有些人恋恋不舍，扯着袖口抹着眼窝，像是让饲养室中央烧着的树根冒出的黑烟熏得睁不开眼，又像是心有不甘暗自落泪。

　　经过一二十天的排练，年关就近了，就要演出了。

　　无论多么寒冷，村里能出动的人都到了戏台前，尤其是大年初一晚上唱戏，是全村最热闹的时候。年轻人早早搬去了各式各样的板凳和椅子，给家里的老人占据一个好位置。一村人都不想错过台上任何一个细节，看文武场面吹拉弹唱谁来了，谁没来。拉幕帐的、递戏的也都备受关注。

　　演戏也是演职人员最荣耀的时刻，能抛头露面的会抓住每个机会，幕后的人也会时不时有意无意地出现在台上显眼的地方，让台下的观众们觉得自己非常重要。

　　看戏的不仅仅是村里的人，也有方圆十里八村的亲朋好友，这是一个台上展示个人魅力、台下交流品评的大好机会。一个人的表演不仅能给自己带来无限的荣光，还会给他们的家庭甚至家族带来说不完的好处。

一切围绕的可能都是婚姻，婚姻是村里传宗接代、继承香火、兴旺家业的大事，村里人都围绕婚姻而劳作。台上上了年纪唱得好的演员，或许能给自己带来好儿媳好女婿；那些还没有婆家的女孩子，会被方圆有钱有势的大户人家相中提亲；还没有媳妇，唱得落落大方的小伙子，台下会有不少人觉得就是自己的意中人或者乘龙快婿。

家家都会鼓励自己的孩子去唱戏，唱不了的也要逼着去学一种台上需要的乐器，至少也应该去扮演个王朝、马汉或者丫鬟、衙役——尤其是大龄男青年，这是一年一度推销自己最好的机会，如果抓不住这个机会，在地里，在沟里，一年四季日出而作，日落而息，根本没有人去注意。

戏开场是台下所有人都非常精神的时候，孩子们也瞪大眼睛一刻也不想错过。慢慢地，那些穿着青衣的老旦坐下来哭哭啼啼没完没了唱开的时候，大部分孩子就靠在大人的身上迷迷瞪瞪要睡着了。惺忪之中看到老旦起身甩袖，以为这场完了，谁知道她又坐下来如泣如诉没完没了一个腔调唱开了，到那些刀刀枪枪或者翻个没底跟头的戏来了，孩子们也都提不起精神了。台下一些村里人也就逮住机会与外村来看戏半生不熟的人攀谈开了，说到互相的心坎上，开始你拉我扯让板凳坐。

上了年纪的人会把戏看到落幕。台下的人在台上的戏里找自己的角色，在戏曲的人物里找自己的影子，与戏里的人物同悲同乐。尽管大部分台词都能记住，年纪大了的观众仍然要看，台上演几遍，台下看几遍，台上唱到动情之处，台下的人真流泪。平日不能哭得恓惶，这时候哭，台下的谁也不笑话谁。

很多年前，我想我会像大爷一样坐在炕上，听着炉子上茶缸里的热气一下、两下、三四下，把茶缸盖子掀起来的声音，时不时品上一杯。一晃，很多人就到了能把一本又一本戏看到剧终的年纪了。

尽管大部分台词都能记住，年纪大了的观众仍然要看，台上演几遍，台下看几遍，台上唱到动情之处，台下的人真流泪。平日不能哭得恓惶，这时候哭，台下的谁也不笑话谁。

　　有些人从头唱到尾，有些人出场闪个面就永远离开了，有些人在幕后默默地吹拉弹唱，有些人在幕后帮腔递词……

　　村里那些演员已经老去，王朝、马汉、丫鬟和衙役，都老了。他们的儿子、孙子有的已经扎根到天南海北，渐渐地，忘却了那个遥远的村子……

一生一场风

风就像我惹了不该惹的女人，在全村找我。

我把所有的门缝都用锥子挑着旧套子塞严实了，还用剪好的干草，把门上有缝的地方都塞严了，高窗的缝我也塞了一卷干草。这些干草是我收割了谷子后，一根一根把秆儿割下来晾干捆起来的，每一根都金黄金黄的，经过我的精心挑选，我是很放心把它们塞在任何一个墙缝或者砖缝，都能给我挡风的。我用高杆子顶住了紧闭的高窗的闩子，一头顶在炕沿上。我把炕上枕的一块砖挡在低窗上，死死顶住窗扇。

我不想让风进来。

月儿皎洁的夜晚，我从门、从窗向外看，一遍一遍看，已经确认没有一丝光能溜进来，我想，风也肯定进不来。

风来了，那是人已经睡静了的深夜，村里的狗也都睡了，也许狗是闻到了风裹带着的寒冷快要来到我们村了，它们已经不敢吭气了，怕风去找它们。风来的时候，吹着哨子，我能听到它从西北带着怒气过来，抓住村北头那排杨树狠狠地摇，撕咬着树枝，树枝痛苦地发出阵阵的呜咽。

北胡同畔上那些一直一动不动的柿子树好像也在抽泣，这些柿子树比村里最老的老人还要老。我小时候爬的时候是那么粗，二十年后去摘上面留着的那两个柿子，这些树还是那么粗。我曾经试图抠一点鳞片一样的树皮看看它有多老，拇指都抠出了血还没有抠下一块。村里吹吹打打迎来了新娘，吹吹打打送走了寿星，这些柿子树都无动于衷，风来却让它们打起寒战。我听见了它们的哭声。

谁阻挡风风就纠缠谁，直到对手投降以后，风才继续向前，去找要找的人。

风已经在村子到处跑了。

那一股风已经来到我家的院子，摇了摇我家紧锁的院门，然后从墙上翻了过来，在院子的柴堆上抓了一根最大的干枣刺枝，拉着枣刺枝在院子里转圈圈，哧哧哧——地，向我发出了警告。风掀起了门帘，三番五次地掀，估计是在叫我出去。我屏住呼吸。风摇了摇门上的铁闩子，我还是没有吭气。风已经恼羞成怒了，有的抓住门，有的抓住窗，狠劲地摇，像是要拆掉我的门窗进来。我还是没有吭声。

我听见风顺手把狗窝上的脸盆提起来摔到地上，这个破脸盆是给狗放食的，我嫌狗每次吃完都会把两条前腿蹬在脸盆上，好像在抗议伙食太差。我在它每次吃完后就把脸盆放到它的窝顶上，现在风来了，把它吃饭的家伙什扔到地上，狗也是一声不吭。

风不停地摇树，卧在跟前的几只鸡被摇得不得安宁，咯咯了几声，好像很无奈地钻进墙角旮旯儿了。被摇下来的还有挂在树上几捆干透了的玉米棒子。

风终于发现了找到我的路子，从烟囱灌下来，把阻挡它的烟从炕洞门掀出来，还有一股从灶火门出来，也有一股钻进风匣②，把风匣舌头抽得啪啦啪啦响。风在我的窑洞里转，把筷子笼的筷子扒拉来扒拉去，把案上没有扣实的碗也拨弄得哐当哐当响。我惹不起风，风在我脸上抚摸，风在向我被窝钻，炕烫得我已经把被子垫到身子下，风却揉得我的脸冰凉冰凉。

我用被子蒙住头，躲过风，我惹不起风。

天亮的时候，风已经不再疯狂地找我了。打开门，地上一层雪，鸡醒来了，狗也醒来了。仍然有些许不舍的风，从衣领，从袖口，从裤脚朝我的衣服里钻。

我已经老了，

风还年轻。

风已经不理我，也不再摇我的门。我一觉醒来，它们已经吹开了油菜花，蜜蜂嗡嗡嗡地跟蝴蝶在花间抢着最好的位置。风在我眼前轻轻地摇摇这株，摇摇那株。

村头的南墙根，上了年纪的老汉静静地坐着，让太阳晒在他的瓜皮帽上，眯着眼，任凭风在他眼前扬起一把一把土。

我在等风，碾完场已经天黑了，麦衣和麦粒卷起了一堆，我拿着木锨试了几锨，没有一丝风，我躺在麦秸堆旁，看着天上的星星，看哪一颗星星能给我带来一些风。

黎明，风来了，来回吹我的脸。

太阳冒花，我扬起最后一锨麦，风走了。

风很少去城里找我，任由阴霾罩在我的头顶。偶尔的一次，也是听到风把谁家高处的玻璃摇下来扔到地上。

风还是在村里找我，我不在村里的时候，风天天去抠我打的果园墙，一层一层，一堵一堵，我打的那些墙已经没剩几堵了。

风就像我惹了不该惹的女人，仍然在全村找我。

我已经老了，风还年轻。

后记

　　我小时候的梦想是当个记者或者作家，于今，2020年，我写稿子已经三十六年，第一篇稿子变成铅字已三十一年，当记者也有二十一年了。而出这么一本纯散文的集子，是第一次，虽然离"作家"还非常遥远，但是作为一个文学爱好者，总算是迈出了第一步。

　　这本集子是我2005年以后断断续续写的。在采写新闻上，我一刻也不会耽误，从发现线索到交稿，我就像一条狗在地里发现了一只野兔，我会拼命去追，不管深更半夜还是黄昏黎明，我从来不愿意让任何有用、有趣的新闻胎死在我这个采写的环节。但是，我写散文非常慢，有心情没时间，或者有时间没心情我都不写，有时间、有心情了我才写一篇，虽然文字粗糙，也只是记述曾经的过去，然后抒发一下自己的感想。散文不是工作，所以不急，感情和文字也不用挤。

　　二十岁之前我在村里，在地里，在沟里，日出而作，日落而息。我的梦想是去远方，做一个思想和身体上都自由自在的人，我不愿意被地里繁重的农活紧紧地绑在那片土地上，那片土地已经绑了我的祖祖辈辈，还有那些少有笑容的沉重的脸。

　　小学的时候，有一点零钱我就买一张邮票或者一个信封，然后用最好的纸把自己的稿子抄好邮寄到报社或者杂志社去。邮票一张八分钱，信封一个二分钱，我曾经借了我姐一块钱，我给她说如果稿子刊登了，稿费到了给她分一半，但是那十份稿子都泥牛入海，杳无音信。初中的时候我仍然在锲而不舍地向各地投稿，每当门卫老师到班里送信来的时候，我都盼望他能叫到我的名字，但是一次都没有。我曾经怀疑是不是邮电所的信箱漏了，把我的信漏到地上丢了，我还半夜专门去那个悬挂在邮电所门前的邮箱看过，确认没有漏。我又想是不是我的信卡在信箱的角落没有被取走，我就有意无意地在信箱上标注的取信时间去看到底邮箱里是个什么样子，但是等了几次也都没有等到邮递员取信，我就怀疑我的稿子是不是一直在信箱里没有被拿走。

拿到第一笔稿费，十块钱，我全部把它买成了信封和邮票。我雄心勃勃地想让"鸡生蛋，蛋生鸡"，不断扩大生产，良性循环下去，但稿子十之八九都没有了音信，只有个别给我带来惊喜。

有一次收到八块钱的稿费，我决定把它存到银行，银行的大玻璃窗上写着"一元起存，多存不限，存款有息，为储户保密"，我想把以后的稿费都存起来，积攒多了办一些大事。我高高兴兴拿着钱到储蓄所的时候，柜台里面的储蓄员说十元起存，我就像霜打的茄子一样灰溜溜地溜出储蓄所。

但是，我依然写写新闻，写写散文，不断地投出去，"为者常成，行者常至"，渐渐地，陆续有了收成。

青春年少，我跟上当年的热潮写了几百首诗歌，一些经报刊发表了。在白水县八一陶瓷厂工作的时候，我那些诗情画意的诗歌小火了一把，也让我的虚荣心得到了极大的满足，加强了我不断挖空心思写作的动力。

在建设银行白水县支行工作的五年，无论是工作环境还是心情，都是令人难忘的，也是我写散文比较多的一段时期，包括在渭南日报社工作期间写的部分散文一并收录在2005年出版的《生死考验》一书中。

这两年来，有空且有心情就写点东西，也就形成了这本册子。

在渭南日报社、百姓生活报社、西安晚报社等单位，我实现了自己当记者的理想，二十一年，我经历了纸媒最辉煌的十年。一些新闻在国内和国际新闻圈也曾泛起了一层涟漪，改变了一些事物，促进了一点点社会进步。在文学上，我虽然起步早，但是仍然感觉是外行。

这本册子选取了我写农村的部分篇章，基本是以我村——白水县北塬镇却才村为题材。我对明朝叫"南羌生村"，清朝叫"南羌寨村"，村里明万历二十六年（1598）铸造的一口古钟和清光绪十一年（1885）"十家牌"上都有记载。人民公社化前叫"南却寨"，"文化大革命"以后叫"却才村"。这些文章只是我的偶感加叙述。改革开放以后，村里那些小伙伴，一批又一批挣脱了农耕活计，像放脱缰绳的马，不断地各奔东西，跟我一样落到了各地，过上了文明的现代生活。很多年之后，我们的村子可能会消失，还有我这本册子中的故事，所以我起个书名叫《回不去的故乡》，这本册子是给那些怀念村子的乡亲一点记忆，给我的子孙一点留念。

感谢我的父母亲和兄弟姐妹，是他们给了我写作的动力。

感谢陕西省作协主席、著名作家贾平凹老师百忙之中为我题写了书名，也感谢他对我的鼓励和支持。作为老领导，刘小荣仁兄洋洋洒洒给我作了五千多字的序，力透纸背，入木三分，令我百感交集。妻子李渭花是我的第一读者，给我订正了不少地方。正在四川大学上学的儿子石秦一，利用寒假期间，以大学生和"○○后"的视角，逐篇给我提出意见和建议。太白文艺出版社编辑老师精心认真进行编辑，使我这本册子顺利面世。我的同事、西安晚报社贾妍老师也提供了很多帮助，在此一并感谢。

整理完书稿是庚子年正月，新型冠状病毒性肺炎疫情笼罩全国，村子的路和城市小区全部封堵，拜年全部取消，让人们的春节在史无前例的惶恐中度过，一些人在疫情中永远离开了这个世界。是以为记。

因我水平有限，书中难免存在一些瑕疵，敬请各位读者不吝指出，以便改进。

石俊荣

2020年2月

附录

法定计量单位与常见非法定计量单位换算参照

1里=500米

1斤=0.5公斤

3尺=1米

1亩=666.67平方米

1斗=10升

3丈=10米

1两=0.05公斤

3寸=10厘米

1石=100升

方言注释

①一满：完全。

②跟头：牛轭，耕地时套在牛颈上的曲木。

③一料：庄稼种、收一次叫一料。

④胡基：田里的大土块，也作胡墼。

⑤萦心：用心，牵挂在心上。

⑥弹嫌：挑剔。

⑦赸：chān，赸賖，多。

⑧搁：把东西举着。

⑨丢盹：闭目小睡。

⑩筒：掖，插进去。

⑪洋活：穿戴时髦、阔气。

⑫谝闲传：闲谈。

⑬合：指事情的次数。

⑭痴侎：愚蠢的人。

⑮相扶：过婚丧事帮忙的人。

⑯诣活：舒服，安逸。

⑰泥叶：泥墙时用的泥抹子。

⑱茅子：关中农村把厕所叫"茅子"。

⑲攒劲：强劲，使劲。

⑳壮：把棉花摊匀，缝到被罩里。

㉑什：筘，也作杼，织布机的主要配件，形状像梳子。

㉒风匣：烧火做饭的风箱。

※方言注释参照陕西人民出版社出版的《陕西方言大词典》《关中方言大词典》。